1

Il avait découvert que la gloire n'existe pas quand on se bat. Elle se manifeste plus tard et seulement pour ceux qui restent en vie. Ici, il n'y avait plus d'honneur, de bel uniforme ou de femmes. Il n'y avait que la guerre et ce qu'elle avait fait de lui.

Ce matin pourtant il était à nouveau fier d'appartenir au 8ème régiment de cuirassiers, à cette troupe qui faisait trembler les armées adverses. Ils avaient chargé à travers des champs de vignes et de houblons. Des fantassins prussiens s'y étaient embusqués : c'était amusant de balayer ce menu fretin. Les hommes du régiment s'amusaient à faire sauter au sabre les têtes de ces piétons. Ça devenait une sorte de jeu entre eux, comme un concours où le perdant devrait payer le soir un bock à chaque membre de son escadron.

Après ce bref moment de pure jouissance, il s'était ressaisi et pour ne pas blesser son cheval, il avait choisi d'adopter comme allure un galop rassemblé. Après avoir traversé sans problème les champs, la troupe arrivait devant les premières maisons, venant *du nord comme si elle rentrait d'une promenade. Les hommes avaient suivi leurs officiers en pénétrant au trot dans la ville. L'ennemi était invisible, la charge avait dû faire fuir la piétaille. La colonne était maintenant tout entière dans la ville et s'engageait dans la rue principale. Tout était calme, le soleil faisait une timide percée dans la brume matinale. Les bruits mêmes des sabots semblaient assourdis. Certains s'amusaient à entraîner leur monture à adopter un pas espagnol espérant que si des femmes cachées derrière les volets fermés les regardaient, elles se dévoileraient davantage ce soir, près du bivouac.*

Subitement, ils entendirent les coups de feu. Les officiers entamèrent une charge vers le centre de la ville pour y surprendre les régiments d'infanterie prussienne. Ils ignoraient que la majeure partie de l'infanterie était déjà sortie de Morsbronn. Seuls restaient les hommes de deux bataillons qui s'étaient retranchés dans les maisons pour défendre les lieux.

Dissimulés derrière les volets, ils tiraient sur les français qui brandissaient leurs sabres comme des marionnettes pitoyables. Les cavaliers tombaient, frappés par ces insectes invisibles qui s'amusaient de leur impuissance. Eric se retrouva rapidement le dernier en selle. Il avait vu à sa droite un visage emporté par une balle, devant lui son capitaine se coucher sur l'encolure de son cheval, la poitrine trouée. Il ne pouvait faire autre chose que poursuivre cette charge inutile, qu'espérer sortir de cette nasse au plus vite.

La rue principale bifurquait de chaque côté d'un petit immeuble, quelques cuirassiers prirent à gauche quand la majorité poursuivit à droite où la voie semblait plus large. Mais une fois engagés, les cavaliers s'aperçurent rapidement que la route se rétrécissait au fur et à mesure qu'ils approchaient de l'église. Les chevaux se poussaient, hennissaient, se cabraient même. Le galop fut brusquement stoppé et les fantassins dissimulés purent mieux ajuster leur tir et faire davantage de morts.

Eric Peyroulade sentait l'effroi lui déchirer les entrailles. Il pleurait de rage devant son impuissance à sortir de ce piège. La peur l'envahissait et le poussait à s'échapper de cette mêlée qui sentait le fer. Il avait bien souvent remarqué que l'acier et le sang avaient la même odeur, mais jusqu'ici ce parfum s'unissait avec celui de la poudre et provenait des corps ennemis qu'il mutilait avec ses compagnons, pas des dépouilles de ces derniers.

Il voyait des officiers s'échapper un à un de ce piège profitant d'une rue à la sortie du bourg, après l'église. Il frappait son cheval au flanc pour avancer. Il écartait d'un coup de pied la monture de celui qui était ce matin encore un ami. Il réussit ainsi à rejoindre son lieutenant qui avait pris la tête de cinq autres cavaliers. Ensemble, ils fendirent la cohue et parvinrent à atteindre la ruelle qui longeait le cimetière. Ils dépassèrent l'église et se mettant au galop franchirent les derniers mètres qui les séparaient de la sortie de la ville.

Sur la colline, le servant prussien était lui fier d'appartenir à l'une des armées les plus modernes de son temps. On lui avait appris que son canon se chargeait plus rapidement qu'un canon français, que sa cadence de tir était nettement supérieure et qu'il avait une portée plus grande. Au petit matin, avec les hommes de sa batterie, ils avaient d'abord travaillé la visée en alignant la mire sur l'église de ce petit village, puis en se calant sur la route qui en sortait. Il venait d'introduire un obus percutant par la culasse quand il aperçut des cavaliers rutilants sortir du village. Il recula, saisit le cordeau et attendit l'ordre de son officier. Quand ce dernier lui ordonna, il fit feu.

Le lieutenant riait comme un enfant et Eric l'accompagnait, heureux de retrouver les grands espaces où ils étaient à nouveau des cuirassiers, la cavalerie la plus redoutée, l'arme la plus noble. Leurs rires couvraient encore les bruits de la bataille quand l'obus arriva sur eux et qu'ils se vaporisèrent à l'impact.

I

A vingt-cinq ans, Amandine Daurac s'était mariée
avec un homme de deux fois son âge pour devenir la
trop respectable madame Sauvignol. Elle avait
abandonné sa jeunesse et quelques amants en entrant
dans le cercle des petits bourgeois bordelais par
l'entremise de ce monsieur raisonnable. Elle s'était
progressivement étiolée en adoptant la façon
girondine d'aborder l'existence : sans excès, sans
passion, avec la volonté paisible de faire fructifier un
capital.

Après sept ans de vie commune, cet époux dont la
prévisibilité était pour Amandine la principale qualité,
eut l'idée surprenante de décéder.

Brièvement bousculées, les habitudes prises par la
dame revinrent rapidement à l'équilibre après
quelques ajustements notariaux. Elle se recomposa
une vie réglée, consacrée à l'équilibre du bilan
comptable et à l'accroissement de ses biens. Cette
détermination sans faille eut pour effet de provoquer

une croissance simultanée de sa rente, de son tour de taille et par voie de conséquence, de sa vertu.

Son caractère l'inclinait à envisager une poursuite de cette existence paisible. Si elle avait été seule maitresse de son destin, elle aurait volontiers continué ainsi jusqu'à sa fin.

Cependant l'époque changeait.

Elle constatait avec amertume que les locataires de son immeuble amenaient avec eux des idées neuves, des modes de vie différents, une originalité qui prétendait balayer ses anciens repères, ceux qui avaient fait leurs preuves.

Ce siècle l'avait bien souvent contrariée. Née sous la restauration, elle avait grandi sous la monarchie de juillet qui avait forgé chez elle un conservatisme atavique. La deuxième république avec cette idée consternante de ne plus avoir une personne qui représente l'autorité l'avait inquiétée. Elle s'y était sentie perdue, à la merci de décisions prises de manière opaque par on ne sait qui. C'est pourquoi l'arrivée d'un nouvel homme fort incarnant l'ordre l'avait pleinement rassurée en 1852.

Mais même ce Napoléon III l'avait déçue. Emporté par la folie des grandeurs, il avait échoué comme son oncle et cette chute avait à nouveau plongé Amandine dans ce qu'elle détestait le plus, l'incertitude. Cette malheureuse bourgeoise continuait de subir les changements de régime. Même Thiers ne semblait pas vouloir du pouvoir que beaucoup étaient prêts à lui donner. C'était à ne rien y comprendre !

Et en attendant, rien n'était stable. Les idées, ça il y en avait, elles fusaient comme des balles, tout le monde avait désormais quelque chose à dire sur la politique à mener.

Mais pour sa rente les choses allaient beaucoup moins bien. La guerre avait fait chuter les prix des loyers. Elle avait vu partir ses familles qui avaient été remplacées par des locataires bien moins fortunés. Le petit journaliste du sixième faisait partie de cette engeance. Ce gamin sorti depuis peu de l'enfance croyait tout savoir. Il déclarait avec force que la république était le seul régime qui vaille, il avait bu à la chute de l'empereur et il n'avait aucune habitude d'épargne. Pour ne rien arranger, il avait souvent de la visite, habituellement des républicains comme lui qui déclamaient à voix haute leurs vers et leurs idées en montant cet escalier que ce matin elle empruntait à son tour.

Pour combler ce tableau peu réjouissant, le loyer avait du mal à rentrer. Elle se disait que malgré leurs grands airs d'artiste, ces gens-là c'était miséreux et compagnie. Alors, elle saisissait toutes les opportunités pour se rappeler au bon souvenir de son débiteur. C'est pourquoi, quand un billet était arrivé en provenance du journal où il écrivait, elle avait saisi cette occasion pour emprunter les marches qui menaient à la chambre qu'elle louait à ce triste personnage.

L'idée qui semblait bonne a priori s'était transformée à partir du troisième en un chemin de croix. La montée des six étages avait fait virer le teint habituellement blafard de la logeuse en un vermillon qui traduisait son effort.

Arrivée devant la porte, madame Sauvignol s'accorda un bref répit pour reprendre son souffle puis, animée par son bon droit et la colère due à l'effort fourni, elle frappa à la porte de Paul Vidal.

Ce dernier avait débuté sa soirée dans une auberge en savourant des vers et l'avait terminée en buvant, un peu trop, aux poètes qui les avaient écrits.

C'est donc dans un demi-sommeil qu'il n'arrivait pas à quitter qu'il entendit les coups frappés à sa porte. Dans un premier temps, il envisagea de ne point y répondre.

L'ensemble de son corps se remettait avec peine des excès de la veille. Le sang frappait ses tempes, son dos lui faisait mal et ses articulations semblaient bloquées.

Il dut toutefois se lever quand il comprit à l'insistance des coups que l'intrus ne partirait pas. En se tenant aux poutres de sa mansarde, il traversa d'un pas mal assuré les deux mètres qui le séparaient de la porte, pour saisir la poignée et la tourner.

Sa propriétaire émit un curieux son de gorge. Dans l'encadrement de la porte, elle avait la vision d'un corps dénudé surmonté d'un visage glauque.

Elle lâcha le billet en comprenant confusément que le moment ne permettrait pas de résoudre la dette du journaliste. Sans s'exprimer davantage, elle tourna les talons et descendit rapidement les escaliers. Paul l'entendit arriver au premier, ouvrir sa porte et entrer pour se terrer dans ses appartements.

L'esprit toujours embrumé, le jeune homme se baissa pour ramasser le bout de papier abandonné par la veuve.

Il referma ensuite doucement sa porte et déplia le document.

L'auteur de la missive était son patron, Georges Mie. Un trait du caractère de ce dernier transparaissait très clairement dans les termes choisis et la brièveté de l'écrit : l'actionnaire majoritaire de la Nouvelle

République où travaillait Paul était peu connu pour sa patience.

Sans en expliquer le motif, il attendait que Paul se présente au plus tôt à la rédaction.

Ce n'était pas dans les habitudes de son patron de le solliciter ainsi. Le journaliste rendait habituellement compte des procès, il était de ce fait rarement soumis à la pression qui accompagnait ceux qui couvraient les faits divers. Le fond comme la forme du message l'intriguait donc.

L'immeuble qui abritait le journal se trouvait à moins de dix minutes de marche de son logement, il lui était aisé de répondre à l'attente de son patron.

Il s'habilla ainsi rapidement après avoir réalisé une toilette succincte et déjeuné d'une pomme qui trainait. Après être descendu précautionneusement afin d'éviter sa logeuse, il sortit de l'immeuble et rejoint le boulevard.

En marchant, le jeune homme s'interrogeait sur ce que son patron attendait de lui. Quelle affaire pouvait

ainsi l'amener à le convoquer aussi précipitamment ?
Perdu dans ses pensées, il ne prêtait pas attention à la
cohue qui l'environnait. Il arriva devant l'immeuble
qui abritait le cœur de la Nouvelle République sans
même s'en apercevoir.

La façade de l'immeuble était d'une banalité jaunâtre.
Sans le panneau blanc sur lequel le nom du journal
était inscrit en écriture gothique, il aurait été difficile
d'identifier le lieu où était produit ce qui était devenu
le principal obstacle des légitimistes girondins.
Les actionnaires du quotidien s'appuyaient sur une
classe moyenne qui était apparue sous le second
empire pour prôner les projets politiques portés par
des radicaux. Ils représentaient cette nouvelle
bourgeoisie constituée de boutiquiers, d'avocats, de
notaires et d'enseignants. Ces gens, plus éloignés de
l'aristocratie que les grands négociants qui tenaient
jusque-là les destinées de Bordeaux montaient en
puissance. L'instruction dont ils avaient bénéficié
était leur lien commun, ils voulaient en finir avec la
république des ducs. Le journal servait de caisse de

résonance à ces idées nouvelles portées par des hérauts qui n'hésitaient pas à haranguer les populations du haut de plateformes d'autobus.

Ils avaient compris le pouvoir nouveau que conférait la presse et utilisaient cette dernière pour diffuser leurs opinions. Peu à peu, ils gagnaient la bataille des idées. Une partie de la grande bourgeoisie avait décidé de composer avec eux et ils confisquaient progressivement le pouvoir aux monarchistes.

C'est au sortir de ses études de droit que Paul avait rencontré un de ces nouveaux politiciens, l'avocat Georges Mie.

Ce dernier avait apprécié l'intelligence du jeune homme et lui avait ouvert les portes du journal en lui proposant un poste de rédacteur payé à la ligne.

Paul couvrait les procès. Il discutait avec des témoins, interrogeait les avocats, forçait les bureaux des juges et ramenait des papiers qui stigmatisaient une justice qu'il considérait comme expéditive pour les pauvres et bienveillante avec les puissants.

Hugo et ses Misérables avaient été pour lui une révélation et il croyait désormais au pouvoir révélateur de l'écrit. Il souhaitait faire apparaitre une vérité insupportable mais finalement invisible car admise comme allant de soi. Cette quête naïve pour plus de justice sociale ne l'empêchait pas de signer des papiers écrits avec une plume acérée.

Son style et sa combativité lui avaient d'ailleurs apporté une certaine notoriété. Cette reconnaissance ne lui permettait pas de vivre dans l'aisance, mais était déjà suffisante pour que certains de ses collègues espèrent qu'un faux pas nuise à cette étoile montante du journalisme. Cette attente n'était en revanche pas partagée par les employés qui appréciaient la courtoisie du jeune homme envers eux.

Quand il le reconnut, le concierge lui adressa donc un salut amical et le fit entrer. Après avoir échangé les habituelles banalités sur le temps et la santé, il lui indiqua l'escalier et lui passa deux messages. Le premier avait été rédigé par un juge courroucé par son dernier papier, l'autre par un avocat qui souhaitait lui soumettre le cas d'une femme qu'il défendait.

Paul glissa les documents dans sa poche et s'engagea dans l'escalier sombre qui menait à la rédaction. Il traversa la grande pièce en saluant les collègues présents et se dirigea vers la porte du rédacteur en chef. Il frappa à la porte et ouvrit sans attendre l'invite.

Isidore Gasnier portait le titre inscrit sur la vitre et occupait une partie du bureau. Cependant, toute la ville savait qu'il n'était que le faire valoir de l'homme qui était assis en face de lui.

Assis à une table de travail Louis XVI en acajou et maroquin, le directeur du journal, et actionnaire principal, était le pilote qui impulsait la véritable ligne éditoriale. Gasnier salua le journaliste d'un signe de tête, se retourna vers son patron puis se leva et sortit du bureau semblant obéir à un ordre invisible.

Paul s'avança vers Georges Mie. Il jeta un coup d'œil sur la table où se trouvaient divers exemplaires de titres de presse d'importance inégale. Pêle-mêle, on pouvait distinguer le Siècle, la Presse, la Petite Gironde, … mais toutes datées d'un à deux ans. Le patron s'était apparemment mis à relire les journaux qui avaient relaté le crime et le procès de Hautefaye de manière plus ou moins fantaisiste. Sur celui qu'il tenait, Paul pouvait lire en grands caractères :

« Mangez-le si vous voulez ! » cette phrase, prêtée au maire Jacques Sougnot qui avait beaucoup contribué à la notoriété scélérate de la commune.

L'avocat lui fit signe de s'asseoir. Un long silence s'installa.

Les titres et ce qu'il entrevoyait du contenu des articles bousculaient encore douloureusement le jeune homme. L'affaire du village des cannibales avait défrayé la chronique il y a quelques années et Paul comprit que s'il étudiait ces coupures, l'avocat ne voulait pas lui confier une banale affaire de tribunal : il s'intéressait à l'affaire de Hautefaye, village dont Paul était originaire.

Ce dernier se rappelait les évènements qui avaient ensanglanté le village de son enfance. Il reconnaissait dans les journaux, des noms qui évoquaient des souvenirs de jeunesse, qui lui rappelaient une vie qu'il avait cru abandonner en arrivant à Bordeaux. Mie semblait lui aussi perdu dans des réflexions personnelles. Il contemplait les papiers étalés devant lui. Enfin, il se leva, contourna la table et vint serrer la main du journaliste.

- Alors, qu'est-ce que c'était tout ça pour vous ? Des inventions de journalistes en mal de sensation ou un sommet de barbarie dorénavant inacceptable dans notre société moderne ?

Cette manière de saluer désarçonnait souvent ses interlocuteurs. Mie en usait et abusait car ce procédé abrupt avait contribué à faire de lui un défenseur parmi les plus habiles. Paul s'amusait de ces habitudes professionnelles qui ressortaient souvent dans le discours de son patron sans qu'il sache si c'était ou non volontaire.

Il était pareillement admiratif devant la capacité qu'avait Mie d'user de son apparence bonhomme comme d'une arme.

Il lui rappelait ces paysans roués qu'il avait côtoyés dans son enfance. Ils passent benoîtement pour des imbéciles et étouffent ainsi la méfiance de leur interlocuteur pour mieux l'amener dans leurs rets. Quand le patron parlait ainsi, il tentait de provoquer une réponse impulsive. Paul l'avait vu agir ainsi à maintes reprises et ne désirait pas le laisser dérouler son discours si facilement. Il para donc l'attaque en répondant par une question.

- Je ne crois pas que mon avis sur deux thèses antagonistes vous intéresse. Pourquoi me le demandez-vous ?

- Vous ne le devinez pas ?

- Ne jouez pas avec moi, s'il vous plait. D'autre part, ne pensez-vous pas que mes relations avec certains des accusés ne puissent influencer mon jugement ?

- C'est un risque que je suis prêt à prendre. Je vous fais confiance, vous savez vous méfier de votre fougue, non ?

Il accompagna cette dernière phrase d'un clin d'œil. Après une courte hésitation, il inspira doucement et son regard se fit plus insistant avant de reprendre :

- Ils ont tous péri, la victime comme les assassins. Mais ce n'est peut-être pas le pire ! Le plus affreux est que leurs têtes n'ont pas éteint le bûcher
- Que voulez-vous dire ?
- Le verdict n'a fait aucun doute. De nombreux témoignages convergeaient et les désignaient comme étant les meneurs. Ils avaient tué un homme et l'avaient brûlé ou … ajouta-t-il en baissant la voix comme s'il ne parlait qu'à lui-même, … ils avaient tué cet homme en le brûlant…

Paul interrompit ce monologue

— Mais qu'attendez-vous de moi ? L'enquête a été
rapidement menée si je me souviens bien. Les
responsabilités étaient clairement établies. On a
condamné des coupables et on en a exécuté
certains. Alors j'avoue avoir de la peine à vous
suivre. Que voulez-vous ?

Mie se redressa et lança :

— Mon métier d'avocat ne consiste pas à jouer à pile
ou face avec une cour et un jury. Mon métier
consiste à faire émerger le côté de la vérité qui
éclaire les actes de mes clients sous un jour qui
leur est favorable... Et croyez-moi, aussi
surprenant que ça puisse paraître, il existe
toujours une vérité favorable !
La presse, le parquet, l'opinion n'ont vu à
Hautefaye que des barbares. Or moi, je vais vous
dire ce que je pense. Je crois que ce meurtre n'est
pas imputable à ses seuls auteurs. Je suis persuadé
que ce meurtre est la résultante d'un climat.
J'affirme que ce meurtre est aussi pourri que le

régime qui l'a engendré et je clame enfin que seul un autochtone peut démonter les secrets mécanismes de l'âme qui ont conduit au massacre ! En clair, je veux que vous montriez que si ces hommes sont coupables, ils ne sont pas les seuls responsables.

Paul ne répondait rien, le côté emphatique de son patron ne le surprenait pas. Il connaissait l'avocat et savait qu'après la tirade, ce dernier déclinerait des détails plus pratiques. Effectivement, Mie reprit :

- Vous savez enquêter et vous êtes du Nontronnais. Ces deux qualités vous désignent comme étant celui qui est le plus à même de débrouiller tous les tenants et aboutissants de cette affaire.

- Soyez honnête Georges, ce n'est pas un simple article sur une affaire judiciaire que vous attendez. Vous me parlez de clients, mais vous n'êtes pas désigné comme défenseur ! D'ailleurs, deux ans ont passé depuis le procès, les coupables ont même été exécutés ! Arrêtons alors de jouer, si vous voulez revenir sur cette affaire ce n'est pas

en tant qu'avocat. Par contre, est-ce qu'il ne serait
pas opportun de critiquer un régime non
républicain à l'approche d'élections ?

Mie regarda le jeune homme en esquissant un sourire.
Paul était la seule personne du journal qui pouvait se
permettre de l'interpeller ainsi. Il savait que ces
paroles ne révélaient pas de l'impertinence mais
étaient l'expression d'une franchise atavique. Il savait
d'ailleurs avant cet entretien que Paul refuserait de
rentrer dans son jeu s'il lui mentait. Mais il le
connaissait aussi suffisamment pour savoir qu'il ne
pourrait résister à un beau papier défendant de
pauvres types manipulés. Il le laissa donc poursuivre :

- Ce que vous attendez, c'est une charge sur
  Napoléon III. Je parierais même que si un
  parallèle était fait avec Mac-Mahon, vous ne
  seriez pas mécontent. Je me trompe ?

- Si vous avez raison, on pourrait croire que ce
  n'est pas simplement le directeur qui vous envoie
  mais un homme politique bientôt en campagne,
  répliqua l'avocat avec un sourire en coin.

Effectivement, c'était le politicien qui était retombé par hasard sur les articles vieux de deux ans qu'il consultait quand Paul était entré. Il avait récemment pris conscience du potentiel de l'histoire du village des cannibales. Pour lui, c'était certain : ce n'était pas un hasard si le crime de Hautefaye coïncidait avec la fin du second empire.

Il songeait que s'il était possible de montrer qu'il y avait un rapport entre ces deux évènements une vérité nouvelle apparaîtrait, vérité qui servirait ses idées et ses ambitions politiques. Les bonapartistes rognaient l'électorat républicain. Il lui fallait limiter leur influence pour assoir son avantage face aux légitimistes. Utiliser un fait divers pour démontrer que le régime autocratique des Bonaparte ne peut que produire une monstruosité lui apparaissait comme une solution efficace et rapide.

Par formation et par goût personnel, il inclinait davantage à croire en des institutions qu'en des héros. Il se méfiait des hommes providentiels. Il n'avait pas confiance en Gambetta qu'il soupçonnait de vouloir instaurer une république taillée sur mesure. Il détestait Mac Mahon qui à ses yeux réunissait en une personne l'autoritarisme, le légitimisme et la haine de la république.

La providence qui lui avait fait remarquer cette affaire lui fournissait également le sujet idéal pour mener cette enquête : Paul était de la région du crime. Il était intelligent, savait écrire et croyait à la fois en la république et en des idéaux que Mie qualifiait de chevaleresques … Et dépassés.

Même la fâcheuse tendance du jeune homme à fonctionner à l'instinct pouvait devenir un avantage dans ce cadre d'enquête. Le journaliste partirait avec un a priori favorable sur les villageois donc il irait naturellement dans le sens attendu par le politicien. Pour cela, il ne fut ni surpris, ni inquiet, d'entendre Paul dire :

-    Je ne suis pas certain d'être en accord avec cette conception du journalisme, monsieur.

La réponse était prête, il avait réfléchi à cette tirade avant leur entretien.

- Non, vous n'êtes pas d'accord avec ceux qui écrivent ce qu'on leur dicte. Ce n'est pas ce que je vous demande. J'attends de vous un vrai travail de journaliste. Mais ne croyez pas que l'indépendance d'esprit soit autre chose qu'un rêve creux mon petit. On est conduit par ses idées, on ne voit que ce que l'on veut voir. Et vous, vous voulez ce que je vois. Vous croyez comme moi en la république et pas en la monarchie. Vous pensez vous aussi que les français ont le droit d'être des citoyens et pas des sujets ! Alors pas de fausse pudeur, je vais vous payer pour que vous fassiez ce boulot, et vous allez le faire !

- Et pour combien ?

- A la bonne heure, enfin une parole sensée ! Vous aurez six francs par jour et je vous paie un mois d'avance ! Je vous donne trois mois au plus pour revenir avec un article complet, alors ?

Le jeune journaliste n'avait jamais eu en sa possession une telle somme. Elle lui permettrait de régler son loyer et ses autres dettes, de renouveler ses habits et même d'épargner. D'autre part, il désirait depuis longtemps revoir son pays et certains de ses habitants. Aussi il conversa encore un instant pour la forme et accepta ces conditions qui lui permettaient de rédiger sans hâte un article. Puis il prit congé de son directeur et quitta le journal après être passé à la comptabilité.

Le surlendemain, il partait pour Hautefaye.

II

Seuls le pas du cheval et les chocs des roues contre les nombreux cailloux troublaient le silence de ce début d'automne. La campagne était encore aphone. Un craquement plus fort venu du chariot tira le voyageur de sa rêverie. Au-dessus des champs, il vit une brume stationner. Elle n'allait pas tarder à être chassée par la chaleur des rayons du soleil. Aussi loin que portait son regard, les champs semblaient calmement disputer la terre à de nombreux petits bois épars.

Les routes restaient égales à ce qu'elles avaient toujours été dans ce pays, un entrelacs de chemin herbeux. De nombreux sentiers reliaient paresseusement les fermes et les hameaux en serpentant à travers bois et champs. Si cet apparent désordre pouvait perdre le voyageur étranger à ce pays, il n'en était pas de même pour Paul. Il ne distinguait pas encore de maisons sur le vaste plateau mais il savait déjà qu'il serait bientôt chez lui.

Il avait doublé Lage d'Ambelle et passait maintenant devant le vieux verger de Ferdinand. Il n'allait pas tarder à apercevoir le calvaire rouillé qui annoncerait le village.

Un bruit dans des branches attira son attention. Il vit s'envoler un rapace qui partait en chasse et le suivit du regard. L'animal s'éleva dans le ciel blanc et se mit à tournoyer. Il formait des cercles concentriques qui peu à peu se rétrécissaient. Il sembla un instant flotter dans les airs puis piqua vers la proie qu'il avait sans doute repérée.

Quand l'oiseau disparut, Paul remarqua alors le château de Bretanges planté sur sa petite éminence. Un petit parc cerné de murs entourait la bâtisse. De la route, seule une aile était visible. On ne pouvait distinguer la cour ou les jardins. Il semblait appartenir à un autre monde haut, lointain, éthéré. Les fenêtres des salons du petit manoir coiffaient dorénavant le canton d'un regard hautain. Il n'en avait pas toujours été ainsi. Quand il était enfant, les grilles étaient souvent ouvertes et le parc servait de terrain de jeu aux jeunes du village. Mais il semblait que cette époque avait été effacée en même temps qu'Alain. Alliée à l'air vif, cette pensée le libéra de la torpeur du voyage en lui rappelant son but.

Puis, lentement la propriété disparut derrière ce qui restait de la frondaison et l'espace du foirail apparut. Jean l'y attendait.

Le journaliste descendit du chariot et après avoir salué l'homme qui l'avait transporté, il se retourna pour embrasser son frère.

Brun, trapus et de haute taille, ce dernier offrait la parfaite image du rustre qu'il n'était pas. Il cachait sous une apparence frustre, une intelligence, une bonté et une franchise qui étaient connues de tous et qui l'avaient fait élire conseiller municipal, succédant ainsi à son père.

Il prit les bagages de son cadet et les deux frères se dirigèrent lentement vers la maison familiale en échangeant les banalités habituelles sur le voyage qui permettent à ceux qui ne se sont pas vus depuis longtemps de reprendre contact.

Arrivé à son but, Paul n'avait pas besoin qu'on l'aide
à imaginer à quoi avait pu ressembler ce 16 août
1870. Il avait vécu tant de ces jours de foire à
Hautefaye…

*Ça avait été vraisemblablement une belle journée
pour finir la foire.*

*On pouvait s'offrir un peu de bon temps, beaucoup de
ce vin piquant et chargé en alcool qu'affectionnaient
les paysans du Nontronnais et, si le cœur vous en
disait et la bourse vous le permettait, une fille pouvait
vous aider à passer un moment agréable.*

*Hautefaye engrangeait encore de substantiels
bénéfices : en ce lendemain de fête, il y avait toujours
foule. Comme habituellement, la foire avait débordé
du cadre qui lui était dévolu. Elle envahissait le
hameau, se répandait dans les rues et s'emparait des
maisons et de granges transformées en auberges. Une
marée de plus de sept cents personnes, accompagnées
de presque autant de bêtes, déferlait sur le hameau de
quarante âmes et faisait résonner ses joies et ses*

peurs sur les pierres chauffées par le soleil. En ce dernier jour, les odeurs humaines, animales et celles de nourriture s'amalgamaient et pénétraient les murs et les chairs comme pour marquer de leurs empreintes les participants qui allaient se séparer ce soir.

On remarquait peu de femmes dans cette foule venue non seulement des communes environnantes mais également de Charente et de Haute-Vienne. Peu de jeunes gens également, la guerre faisait son œuvre plus à l'est. Des hommes, certains en blouse paysanne, certains en vêtement de petite sortie mais tous avec l'aiguillon à la main formaient avec les bêtes une multitude mouvante, un flot gris bleu roux qui se scindait progressivement en petits groupes à l'approche de midi.

Après ces trois jours, les ventes difficiles étaient faites et ce dernier après-midi était traditionnellement consacré à la détente. Pas une fois durant ces trois jours, la gendarmerie n'était apparue, certains attribuaient cette absence à la guerre et l'utilisait *pour faire refleurir jeux de hasards et de cartes, interdits depuis 1859. La plupart des hommes préféraient toutefois prendre le temps de discuter ... L'un racontait peut-être comment il avait réussi à trouver la place qui permettait de bloquer la rue et donc ralentissait l'acheteur potentiel. A peine avait-il fini qu'un autre devait expliquer comment ses bourrades avaient déstabilisé le vendeur et fait baisser le prix. C'est que dans cette atmosphère, maintenant bon enfant, tous relâchaient la pression de trois longues matinées de marchandages, où la ruse et la science étaient sans cesse sollicitées...*

Ils traversèrent rapidement le village silencieux. Ce n'est qu'en arrivant dans le logis que Jean interpella son frère.

- Alors, qu'est-ce qui t'amène ? On ne veut plus de toi à la ville ?
- Ça va sans doute te surprendre, mais pas mal de personnes ne peuvent se passer de ma compagnie

plus d'un mois, répondit en souriant Paul. Son frère répondit avec une grimace en haussant les épaule afin de montrer à son cadet à quel point il tenait comme plausible cette possibilité. « En fait, je ne sais pas si le motif de mon séjour va bien te plaire. Je suis venu pour enquêter sur l'affaire de Monéis.

Jean posa les affaires de son frère sur la table. Il lui fit signe de s'assoir et alla chercher une cruche d'eau et deux verres.

- Assieds-toi ! Tu veux boire ? Paul le remercia et prit un verre. Alors qu'il buvait, son ainé l'interrogea

- Enquêter sur l'affaire ? Pour chercher quoi ? Il y a eu un procès, on a coupé des têtes, que veux-tu trouver de plus ?

- Je suis payé pour tenter d'éclaircir les conditions de la mort d'Alain. Je ne cherche pas à trouver d'autres coupables, je suis ici pour savoir comment on en est arrivé là.

- Pourquoi veux-tu remuer de vieilles histoires ? Il ne faut pas être sorcier pour savoir comment on en est arrivé à ça : vin et soleil. C'est une histoire de bagarre comme il y en a dans toute les foires. Mais celle-ci est allée plus loin que d'habitude. Peut-être qu'il y avait plus de soleil et de vin. Mais qui cela peut-il intéresser ? Et puis, on peut dire que tu arrives bien avec ton reportage alors que nous venons juste d'apprendre que la commune ne sera pas rayée de la carte.

- Pas rayée de quoi ? De quoi me parles-tu ?

- Tu ne savais pas ? Jean poursuivit devant l'air étonné de son frère. « Le préfet a pensé supprimer la commune, c'est Villard qui a réussi à empêcher ça. On ne sait pas comment d'ailleurs parce qu'il voulait de la couenne de paysan le préfet ! Il fallait voir la cérémonie qu'ils ont fait pour retirer l'écharpe du gros Jacques ! Ils sont arrivés à tout un bataillon. On aurait cru que la guerre recommençait. Il y avait un soldat à chaque maison, des patrouilles dans les rues comme s'ils étaient arrivés chez l'ennemi ! Ils nous ont rassemblés, ils sont même allés chercher les femmes et les enfants dans les champs ! Puis ils ont fait venir Sougnot près de l'emplacement où s'était tenu le bûcher, le préfet a fait un long discours, il y a eu des tambours et il a coupé avec son épée l'écharpe tricolore ! Le Jacques pleurait comme une femme en jurant qu'il n'avait rien pu faire. Personne d'autre ne parlait. Même les gamins regardaient leurs sabots !

Jean avait maintenant les larmes aux yeux. Paul devinait à quel point son frère revivait difficilement ce moment. Tout son corps s'était progressivement raidi, sa voix était nouée.

-   On nous a fait honte comme jamais on a fait honte à un village ! A tel point que maintenant, même ceux qui comme moi se sont opposés à cette folie, on ose à peine dire où on habite. Tu sais que je suis au conseil municipal. Et bien, ça n'a pas été difficile d'être élu, crois-moi ! Personne ne veut plus d'une charge où on représente le village des cannibales !

Jean s'animait maintenant au fur et à mesure qu'il parlait. La colère et la honte transparaissaient dans le ton qui montait.

- Et toi, tu viens ici tranquillement et tu me dis que tu veux éclaircir les conditions de la mort d'Alain de Monéis ! Mais il n'y a rien à éclaircir, c'est pas dur à comprendre petit frère ! Alain, ton camarade de jeux d'enfance a apparemment été tué et mangé par nombres de tes amis et de tes parents !

- Mais que s'est-il vraiment passé ? Je ne peux pas croire que nos amis sont des bêtes sauvages. D'accord, ils ne sont pas tendres, mais ce ne sont pas des assassins. Qui a décidé de tuer Alain ? Pourquoi ? C'était un garçon gentil, pas un aristocrate hautain ! Il venait avec nous se baigner dans les mares, il aidait aux travaux dans les champs, tout le monde le connaissait !

- C'est impossible de dire pourquoi cette folie est arrivée. C'est comme les bagarres, on trouve

toujours des raisons après coup mais en fait il n'y
en a pas.

-   Je suis certain que si ! Alain n'était pas un garçon
    qui aimait se quereller. Il n'aurait jamais
    provoqué une bagarre, tu le sais comme moi. Ce
    ne peut pas être lui qui est à l'origine de cette
    folie, en tout cas pas volontairement.

Son frère acquiesça.

-   Beaucoup pensent effectivement que c'est en
    grande partie à cause de son cousin. Ce petit
    imbécile prétentieux était venu à la foire avant
    Alain. Tu sais comme il parle à tort et à travers.
    On dit qu'il a chauffé des têtes qui n'avaient pas
    besoin de grand-chose pour l'être. Oui, c'est sans
    doute en grande partie à cause d'André de
    Fraillard que cette folie a eu lieu. Jean baissa la
    tête et reprit son verre. Il but doucement et repris.
    « C'est peu de temps avant midi qu'André est
    arrivé. Ce couillon était soi-disant à la recherche
    de broutards mais à mon avis il cherchait surtout
    un nouveau sujet de querelle. Comme d'habitude !

Faut croire que ça n'a pas grand-chose à faire un nobliau ! Toujours à chercher son monde et à ouvrir sa grande gueule ! Tiens, une semaine avant la foire, il était devant l'auberge de Camille. Après avoir lu son journal, il déclarait en riant que l'empereur était perdu car il n'avait plus de cartouche.

- Le fou ! Paul n'en revenait pas. Il savait que la seule chose que les habitants d'Hautefaye avait connu des batailles incertaines qui se livraient dans le nord, c'est que leurs fils y mourraient. Si André avait exprimé publiquement une telle opinion, il avait été immédiatement rangé par les gens du coin comme un opposant à Napoléon III, un ennemi de ceux qui défendaient l'empire autant dire un espion des prussiens.

Jean reprit :

- Tu te rappelles qu'après les dernières défaites le gouvernement avait décidé de ne plus transmettre d'informations sur les batailles. Ça avait favorisé toutes les rumeurs. Ici, les gens avaient tout de suite pensé que cette décision avait été prise pour ne pas donner de renseignements, que si on voulait cacher l'information, c'était parce qu'il y avait des espions ! Et s'il y avait des espions, ce ne pouvaient être que des nobles, parents de ces prussiens qui nous font la guerre depuis le début du siècle !

Paul répondit dans un murmure

- Dans ce contexte, le commentaire d'André a alors dû être vécu comme une gifle.

- Tu m'étonnes ! Et puis, c'est pas tout ! Tu le connais, il n'est pas bien vu depuis longtemps. Vraisemblablement que cet imbécile prétentieux complotait en plus. On a vu beaucoup de gens qui n'étaient pas d'ici venir au château, certains parlaient même de réunions, de conspiration royaliste. Personne n'aurait été étonné d'apprendre qu'on y parlait contre l'empereur ou contre la république.

Nombre de rudes paysans regardaient d'un œil torve ce chef autoproclamé des légitimistes.

Il marchait en discutant avec Pierre Banlout, un de ses fermiers. Il hésita devant quelques animaux puis rejoignit son guide qui venait de repérer une bête dans le cheptel d'un habitant de Saint-Sauveur.

Sous ces yeux, un examen attentif se déroula silencieusement puis la discussion s'engagea entre les deux paysans, Rapidement, les éclats de voix des deux personnages s'imposèrent sur le tumulte environnant. C'était l'habituel maquignonnage où la mauvaise foi était érigée en art. Quand l'un restait, l'autre partait, revenait, s'en allait à nouveau. L'éleveur, lui, tenait son veau et, à grands coups d'aiguillon et de tapes sur la croupe, faisait valoir les qualités de son bien en récusant, avec force geste, les propos dédaigneux du fermier. Peu à peu, le ton baissa, puis se fit chuchotement quand on en arriva à la négociation finale du prix. En définitive, ils topèrent après avoir décidé de se retrouver pour conclure l'affaire à l'auberge, devant un verre.

Comme Banlout rejoignait De Fraillard pour lui indiquer le résultat de la négociation, quelques mots échappés d'une conversation retinrent son attention.

- *Mais Monsieur le Maire, vous, vous avez des biens ...*

- *Mais c'est comme pour vous François, ces Messieurs nous regardent de la même manière, de haut. Vous avez vu comme ils nous évitent. Ça, ils viennent aux foires, mais c'est leurs métayers ou leurs fermiers qui nous causent, ... même quand c'est nous qui achetons ! Et je vais vous dire, je suis certain qu'ils n'attendent qu'une chose : que leurs amis de l'autre côté du Rhin reviennent avec leur chariot, la dîme et la gabelle ! Ça les arrangerait bien, ils pourraient en récupérer des biens, ils en veulent toujours plus !*

- *C'est vrai ça ! Ils nous traitent comme rats pelés et si notre empereur n'était pas là, ces aristos nous vendraient aux prussiens.*

- Et puis grâce à qui on peut voter hein ? C'est pas grâce aux Prussiens mais à notre l'empereur, vive l'empereur !

Jean s'était arrêté. Il semblait rassembler ses souvenirs puis il reprit son récit.

- Tu sais bien comme disait le père que le sang d'André n'est pas que bleu, il est aussi un peu trop vif ! après que son fermier ait négocié une bête, il est intervenu dans une discussion entre le maire et Francois. Il a critiqué ceux qu'il appelait les gros notables bonapartistes du Nontronnais qui disait-il « se jouaient des paysans pour mieux les tenir sous leur coupe. » Il avait imité la voix haut perchée du jeune noble en rapportant ses paroles. Tu imagines bien entendu la discussion qui a suivi.

- Mais que disait Banlout ? C'est un homme modéré qui sait éviter ce genre de discussion.

- Le fermier ? Il est arrivé quand elle avait commencé. Je crois qu'il s'est tenu le plus possible à l'écart en se demandant quelle mouche avait pu piquer son petit maître. Il n'est pas idiot le Pierre, tu as raison. C'est un brave gars aussi. Je crois qu'après avoir vu l'attroupement qui se formait peu à peu autour d'eux, il s'est dit que l'on allait rapidement en venir aux mains, voire aux fourches ! Faut dire que la déclamation du petit vicomte pendant la foire du neuf août dernier avaient fait grand bruit dans la région et ne plaidaient pas en sa faveur.

Banlout décida d'éloigner l'aristocrate au plus vite. Il parvint à se frayer des épaules un passage au travers de l'essaim qui commençait à s'agglutiner peu à peu et il empoigna l'orateur par l'épaule sans écouter ses protestations et le sortit du groupe. Les adversaires de Fraillard n'étaient pas désireux de le voir s'échapper et après un bref moment de stupéfaction, ils se mirent rapidement en chasse.

Le petit vicomte comprenant la situation se mit à courir et ses bottes légères de cuir souple ridiculisèrent rapidement les lourds sabots de bois de ses poursuivants. Abandonnant la poursuite, ces derniers revinrent vers le foirail en jurant et entrèrent en vociférant dans l'auberge.

Ils beuglaient leur haine du prussien et des nobles tandis que le mauvais vin dont ils s'abreuvaient, alimentait davantage leur ressentiment.

- Des châteaux et des nobles, on dirait qu'il y en a autant dans ce pays que de tiques sur mon chien !

- C'est sûr et ce merdouillot doit avoir plein d'amis de l'autre côté du Rhin !

Alors, du fond de la salle, une voix s'éleva :

- Faudrait le brûler, lui et son château ...

Le vieux qui venait de dire tout haut ce que tous ruminaient depuis longtemps s'appelait Clément Peyroulade. Mais il portait mal son prénom quand il entendait parler de ceux qu'il jugeait responsables de la guerre.

Depuis la mort de son fils, il vouait une haine féroce à ces prussiens qui lui avaient pris son enfant. Il avait ressenti une douleur au plus profond de sa chair quand il avait appris la nouvelle, quand il avait su que le corps de son Antoine était désormais difficile à différencier des éclats de l'obus qui l'avaient tué. Il lui avait semblé que c'était son corps à lui qui avait été pulvérisé. La fierté qu'il ressentait quand il voyait son fils finissait de se fondre avec la glaise d'une terre de l'est et on le voyait désormais traîner sa souffrance dans des foires où il venait chercher des bêtes pour sa boucherie.

-   Faudrait tous les brûler, ajouta le vieil homme dans un souffle.

Un silence suivi ces paroles. Tous partageaient cette même haine. Ils burent silencieusement leur coupe de vin et se remirent à manger. Peu à peu les murmures reprirent, les conversations s'animèrent à nouveau. Une odeur de graisse et de viande grillée flottait dans la salle…

-    Il a réussi à leur échapper, il courrait comme un lièvre qui a un chien à son cul. Il saute bien les murets le vicomte ! Ajouta Jean avec un sourire.

-   Et les autres, qu'ont-ils dit ?

-   Les autres ?.. Ils ont dit qu'il y avait trop de nobles … et qu'il fallait les brûler, finit Jean les yeux dans le vague.

Malgré lui, Paul se demanda si Jean avait partagé ces pensées. Ce dernier sortit de sa rêverie et l'observa. Il détourna son regard…

III

Dans la demeure sombre, le silence s'était installé.
Les poutres étaient noircies par la fumée de la
cheminée. Le soleil s'infiltrait par une petite fenêtre
mais ne dépassait pas la pierre de l'évier.

Paul regardait la terre battue qui accrochait la lumière
de manière si particulière. Il se rappelait que souvent
il s'était fait la remarque que cette maison aurait été
un lieu de composition idéal pour ces peintres qui
appréciaient tant les clairs obscurs.

Mais en ce moment, il se rendait surtout compte du
vide que la disparition encore récente de son père
avait provoqué. Jusqu'ici, il avait perçu la mort
différemment, occupé à répondre à ses multiples
obligations en ville. Il se rappelait cette sensation de
glace dans le dos lorsqu'il avait lu le mot rédigé par
son frère, le chagrin qui avait suivi et cette étrange
sensation de manque les jours d'après.

Il était revenu pour la messe d'enterrement mais ne
s'était pas attardé. Bordeaux ne lui manquait pas mais

il y était retourné bien vite. Il comprenait maintenant que son retour dans cette ville bruyante, animée et impersonnelle, à l'inverse de son village, avait été pour lui une manière de fuir cet endroit

Il ressentait maintenant l'absence. Personne n'occupait la place du père, la maison privée de sa présence ressemblait à un corps vidé de son âme.

Il était petit quand sa mère était morte. Il se rappelait un énorme chagrin d'enfant, des larmes mais aussi des bras de son père qui lui murmurait des mots consolateurs, de l'odeur de la veste de velours et des silhouettes des gens du village qui apportaient à manger dans le noir et le silence de la pièce puis repartait après avoir glissé quelques mots au père. A ce moment, la tristesse avait des visages différents, une existence qui lui était propre. C'était une ennemie qui tentait de prendre possession de la maison et il fallait se battre contre elle. C'était un combat qu'ils avaient mené et gagné ensemble avec Jean et père. Mais là, il n'y avait ni lutte, ni passage. Il n'y avait que cette sensation de vide.

Les murs épais contribuaient à assourdir le peu de bruits extérieurs et il semblait à Paul que même l'ombre épaississait le silence qui les enveloppait. Il se rendit compte qu'il ne savait pas comment son frère avait traversé cette période. Trop bouleversé par son chagrin, il s'était replié sur lui-même et sa douleur et n'avait pas prêté attention à Jean.

Ils n'avaient d'ailleurs jamais trop échangé sur leurs amitiés, leurs amours ou leurs opinions car ils menaient depuis longtemps des existences très différentes. L'aîné savait qu'il reprendrait la petite exploitation alors que le cadet avait été poussé dans les études par leur père, républicain convaincu. Paul avait été parfois gêné d'avoir été ainsi soutenu vers son métier de journaliste quand son frère n'avait pas eu d'autre choix que de travailler la terre. Ils n'en avaient jamais parlé avec son aîné. Ce dernier était-il conscient de cette gêne ? Toujours est-il qu'il n'en avait jamais rien dit.

Alors que son cadet suivait les cours à la communale puis au lycée, Jean avait rapidement déserté l'école pour travailler aux champs. Il disait avoir besoin de sentir ses muscles en fin de journée pour savoir qu'il avait travaillé et que sa journée avait eu un sens. Quand on l'interrogeait sur ses fils, Maurice Vidal s'amusait à citer La Fontaine avec ses rats des villes et des champs. Il disait que dès leur petite enfance, ils avaient manifesté des caractères très différents et que s'il était sûr que son premier fils reprendrait l'exploitation et resterait dans le village, le second aurait besoin d'aller toujours vers des horizons nouveaux. C'était ainsi et ça ne lui posait pas de problème, à chacun de mener sa vie selon son envie, la seule chose qui n'était pas envisageable dans son système de pensée était de se contenter d'une vie médiocre ou de ne pas subvenir à ses besoins et à ceux des siens.

Les deux frères avaient adopté cette philosophie et s'appréciaient tout en suivant chacun un chemin radicalement différent. Après avoir déposé ses quelques affaires dans un coin de la pièce, Paul aida son frère à préparer le repas, ils mangèrent légèrement. Un accord tacite leur fit éviter le sujet du meurtre. Ils préférèrent échanger sur les inondations qui s'abattaient sur les régions plus au sud : un village avait même été enseveli sous une vague de boue et l'armée travaillait depuis maintenant trois mois à le reconstruire.

Jean enrageait quand il mentionnait l'évènement.

- Vois-tu, disait-il, Ce ne sont pas les soldats qui me mettent en colère. Ce ne sont que de pauvres diables qui font un métier, rien d'autre. Non, ce qui me rend colère, c'est que l'armée se glorifie de son rôle d'aide alors que cette inondation aurait pu être évitée. Plutôt que de mettre de l'argent dans des armes qui au vu des défaites ne sont pas si efficaces, la république devrait plutôt entretenir son territoire !

- Entretenir son territoire ? Que veux-tu dire ?

- Chaque année les rivières débordent et chaque été elles ont un débit pitoyable. Si on décidait de mettre l'argent des armes dans la construction de retenues, de barrages et de canaux, les pauvres gens de l'Armitière seraient encore vivants et mes champs seraient verts !

-   J'ai l'impression d'entendre certains de mes amis qui prône une réorganisation de la société. C'est quelquefois un peu exagéré. Mais je t'avoue bien volontiers que je suis d'accord avec toi, il serait temps de cesser de faire la guerre et de davantage penser comment permettre à chacun de vivre décemment.

Paul continua en racontant à son frère ce qu'il avait vu à Bordeaux et dans les autres villes où il avait pu se rendre. L'armée était omniprésente durant ce dix-neuvième siècle. Les différents gouvernements l'avaient renforcée pour se protéger des menaces tant extérieures, qu'intérieures. Elle avait su communiquer en sa faveur, jouant sur la prestance de ses officiers. L'état-major avait créé des réseaux avec les milieux d'affaire quand le gros des troupes offrait de nombreux emplois au peuple.

Désormais, elle se définissait même de nouvelles missions en temps de paix : elle favorisait l'expansion économique de l'empire colonial à l'extérieur des frontières et offrait une main d'œuvre gratuite pour répondre aux besoins en cas d'urgence.

Elle était devenue le ciment de la société sous l'empire et était choyée par une république qui continuait de voir en elle un instrument d'expansion. Dans certains cercles républicains, ce pouvoir grandissant était parfois comparé à celui de l'église catholique, autre institution qui avaient porté l'ancien régime. En France, malgré la déclaration récente de l'infaillibilité papale qui avait redonné du cœur au ventre à certains évêques, le clergé sentait sa puissance décroître. Certains dans les cercles républicains, les partisans de Ferry le plus souvent, parlaient même d'envisager une république sans lien avec Rome. Si cette utopie amusait le journaliste, il déclara qu'il fallait bien reconnaître que l'Eglise ne jouait plus le rôle qui avait été le sien sous l'Ancien régime malgré les efforts des tenants de l'Ordre moral à Paris qui conjuguaient leurs efforts pour la ranimer à cette fonction.

Jean acquiesça. Dans le village, l'armée était l'institution qui offrait au fils ou au père une solde en fin de mois, un toit et des habits. Tout compte fait, une situation plutôt bien payée qui permettait en plus de découvrir du pays. Devenir militaire était bien plus enviable que rester à travailler aux champs, surtout si on arrivait à devenir sous-officier. L'église rythmait la vie des gens. On se réveillait, on travaillait, on se couchait et on faisait la fête selon les cloches. Quant au curé, il marchait tous les jours dans le village avec sa soutane. On ne réfléchit pas à la légitimité de ce qui est, on l'accepte comme une évidence.

Les deux frères continuèrent d'échanger, refaisant le monde autour de verres de ce mauvais vin que Jean tirait de ses vignes. Puis, quand ils sentirent la fraîcheur de la nuit, ils allèrent se coucher.

Paul ne s'endormit pas immédiatement. L'atmosphère de la maison, l'obscurité et la discussion le ramenait dans son enfance. La nuit faisait ressortir l'odeur d'humidité de la terre battue. Il entendait les oiseaux nocturnes et les pas des rongeurs. Autant de

sensations qu'il avait connues enfant et qui le
ramenaient plus sûrement à son village que ne l'avait
fait la charrette ce matin. Il se surprit à se remémorer
un jour de Toussaint où les gamins du bourg et de
celui de Beaussac s'étaient retrouvés pour une bataille
dans le bois de Lage d'Ambelle. Ils s'y étaient tous
préparés avec les bâtons et nerfs de bœufs. Personne
n'avait pu dire à Paul pourquoi il devait se battre mais
c'était sans doute pour un motif grave, Les Beaussac
les attendaient déjà dans le bois quand ils étaient
arrivés. Ils avaient été rapidement encerclés. Ceux qui
étaient sur les bords de la troupe avaient été attrapés
et emmenés dans des fourrés où ils étaient bastonnés
par deux ou trois attaquants. Le gros de la troupe
s'était regroupé et tentait de faire face à des ennemis
qui venaient de tous les côtés.
Un grand s'était avancé vers Paul et avait voulu le
frapper au visage. Il avait pu esquiver mais il n'avait
pu éviter le coup de pied au genou qui l'avait fait
tomber.

L'autre s'était jeté sur lui et avait commencé à le frapper à la poitrine, à l'épaule. Il tentait d'atteindre le visage que Paul protégeait derrière ses mains. Un douloureux coup de poing sur l'oreille provoqua en lui une bouffée de rage.

Il réussit à renverser son agresseur et à s'assoir sur son estomac. Ses genoux comprimaient la cage thoracique de l'assaillant et bloquaient ses bras. Paul commença alors à le frapper à la tête. Il ne voyait plus, n'entendait plus ceux qui l'entourait. Le monde était sourd, rouge et Paul frappait, frappait ce qui était devant lui.

Puis la tension se relâcha et il se vit frapper ce type qu'il ne connaissait pas. Il prit conscience de ceux qui était à côté de lui qui le regardaient sans agir, sans parler, sans bouger. Sa rage semblait avoir créé une bulle autour de lui.

Il s'arrêta en voyant le visage ensanglanté qu'il maintenait à terre et qui pleurait.

Un silence s'était fait, tous s'étaient arrêté et l'observait. Personne n'avait vu jusqu'ici une telle hargne lors d'une de ces batailles, communes dans le canton.

Les règles non écrites, non dîtes, de la bagarre de môme apparaissaient à tous et Paul les avait transgressées. On ne s'acharne pas sur un ennemi à terre semblaient dire les regards.

Les enfants se regroupèrent par hameau et repartirent en silence. Paul fut rejoint par Jean qui l'attrapa doucement par l'épaule et le conduit vers la maison. Ni le père, ni la mère n'étaient présents. Le grand frère trouva un petit linge et l'humecta avec l'eau du seau. Il le passa doucement sur le visage du petit qui se mit soudain à pleurer.

La peur, la honte et la colère étaient perceptibles dans ce désespoir. Jean vit les yeux de son cadet qui l'interrogeaient, semblant quémander un pardon. Il prit son frère dans ses bras et le berça pour le calmer.

Paul avait toujours été reconnaissant de ce geste tendre manifesté par son grand frère habituellement si distant.

Il avait découvert l'attachement qu'avait pour lui son frère mais il avait aussi découvert cette part sauvage qui existait en lui-même, en chacun.

Il n'en avait pas parlé à Mie, c'était trop intime. Mais ce moment s'était présenté à son esprit lorsqu'il avait appris ce qui était arrivé à Alain.

Est-ce que les agresseurs de ce dernier avaient ressenti la même hargne quand ils l'avaient attaqué ?

Etaient-ils des assassins ou ne s'étaient-ils pas arrêtés à temps ?

Pour l'avoir vécu, Paul savait qu'il fallait peu de chose pour basculer du côté de l'irrémédiable.

Toutefois, il ne parvenait pas à comprendre comment Alain avait pu déchainer une colère comparable à celle qui l'avait animé.

C'était un homme doux et plutôt chétif. Il avait un caractère calme, plutôt secret et il ne se mettait jamais en valeur. Comment l'attitude d'un tel homme avait-elle pu amener à cette explosion de violence ?

Paul ne pouvait accepter que la mort d'Alain soit la conséquence d'une agression semblable à celle qu'il avait réalisée sur l'autre gamin. Il était impossible que le jeune noble ait pu provoquer une telle agressivité car il fuyait tout conflit.

Il s'était donc passé autre chose. Il avait fallu un enchainement de circonstances pour amener à cet assassinat et maintenir une troupe après un tel homme durant toute une journée.

IV

Quand Paul se réveilla au matin, son frère était déjà parti au travail, dans les champs. Il se leva lentement, pris une collation frugale et décida d'aller rencontrer le curé, ami du martyr.

Monsieur de Saint-Pasteur portait un nom qui le prédestinait à sa charge. Il était le quatrième fils d'une famille noble désargentée. Bel homme, quelques bonnes âmes lui prêtaient des aventures avec certaines paroissiennes ce qui n'était pas impossible : il avait endossé la soutane à la suite d'un effeuillage poussé d'une de ses cousines, mariée par ailleurs. Pour étouffer l'affaire, sa famille l'avait donc envoyé au séminaire où il avait découvert sa vocation … en l'adaptant peut-être quelque peu.

Elevé quasiment à Bretanges par sa mère qui était l'amie de Mme de Monéis, il était un des proches d'Alain. Il avait même tenté, disait-on, de le défendre.

Paul le trouva dans le jardin de sa cure, occupé à fumer son potager. Il s'interrompit en le reconnaissant.

- Bonjour, n'êtes-vous pas Paul Vidal ?

- Vous m'avez reconnu mon père ? Paul se retenait de sourire en l'appelant ainsi. De Saint-Pasteur n'avait que peu d'années de plus que lui et l'appeler ainsi lui avait toujours semblé un peu décalé. Effectivement, c'est bien moi.

- Voici longtemps que l'on ne vous avait vu.

- C'est vrai mais une occasion me permet de me libérer de la ville et de retrouver pour un temps Hautefaye, comment allez-vous ?

- J'ai connu des tâches plus plaisantes, dit le prêtre en souriant. Votre venue m'est donc doublement agréable puisqu'elle me permet de vous revoir et me donne une raison de m'affranchir temporairement de ce travail.

- Et bien, voici qui tombe bien car j'aimerais m'entretenir avec vous, mon père.

- Et de quoi donc ?

-    D'Alain, d'Alain de Moneïs.

Le visage du curé se figea. Il regarda Paul de la tête aux pieds, puis l'invita à rentrer dans sa cure. Il alla chercher deux verres qu'il remplit d'eau-de-vie. C'est en buvant qu'il raconta la journée :

-    Il faisait très chaud ce jour-là. Je ne sais pas si vous vous rappelez l'été soixante-dix, mais c'est un des plus pénibles que l'on a eu à supporter. Les mares étaient pour la plupart sèches depuis plus de deux semaines. Quand on se déplaçait, on soulevait un nuage de poussière. Vous savez comment sont les gens quand il fait ce temps, les esprits aussi deviennent prompts à s'échauffer… Les bêtes avaient beaucoup souffert de la sécheresse, les ventes avaient été difficiles et seules les auberges avaient fait de gros bénéfices. Il y avait beaucoup de vin ce jour, et puis il y avait aussi de l'absinthe, beaucoup d'absinthe, trop sans doute. Vous savez comment c'est le

dernier jour, les ventes sont en majorité réalisées.
Ce mardi n'a pas fait exception, les gens se
laissaient aller. C'est humain.

Ce n'est que vers deux heures de l'après-midi
qu'il est apparu. On ne le voyait plus guère
depuis le début de la guerre.

Les bruits les plus divers courraient sur lui.
Certains affirmaient qu'il avait tenté de
s'engager mais que même l'armée ne voulait
pas de lui, l'homme d'église ajouta plus bas
avec un pâle sourire, elle n'était pas la seule
d'ailleurs !

Paul revoyait le corps fluet et la calvitie précoce qui
avaient depuis longtemps pris le pas sur ses qualités.
Aucune femme ne s'intéressait au propriétaire du plus
vaste domaine de la région.
Il gérait ses biens sans problèmes, éloigné de toute
passion, aidé en cela par sa mère et ses sœurs.
A plus de trente ans, il avait la même place que dans
l'enfance. C'était le garçon qui est gentil, qu'on aime

bien mais qu'on oublie souvent et qui suit le groupe sans jamais en être le centre.

On voyait qu'il ne savait pas bien discuter même s'il était intelligent et cultivé. Paradoxalement, c'est cette fadeur qui avait fait qu'il était facilement accepté de tous.

-   Vous savez, continua le prêtre, Alain me disait que quand il était enfant, il ne parvenait pas à dissocier les individus qui l'accostaient dans les ruelles du village. Il déclarait ne voir qu'une masse confuse et colorée, mouvante et insaisissable qui, par son mouvement, annihilait toute sa volonté. Il avait l'impression qu'il pouvait sentir le souffle puissant de cette entité à laquelle il n'appartenait pas. Je suis certain que ce jour comme tous ceux de sa vie, il a été peu à peu gagné par la panique qui l'incitait parfois à rebrousser chemin avant d'arriver à Hautefaye.

Il fit un silence. Paul se dit que le curé pensait probablement que si De Monéis avait cette fois encore cédé à sa peur, il serait en vie. Quand le prêtre reprit, sa voix était plus basse, comme s'il se parlait à lui-même :

- Quand j'ai aperçu Alain, il s'avançait sur le foirail à la recherche de ses fermiers afin de connaître le résultat des transactions. Je vous l'ai déjà dit, mais cette sortie, pour lui qui n'appréciait ni la chaleur, ni la promiscuité, était toujours un exercice difficile, déstabilisant. Il ne s'est sans doute pas aperçu qu'un petit groupe l'entourait, pas plus qu'il n'a entendu les premières questions qui lui étaient adressées. J'étais à vingt pieds de lui quand le pauvre a dû découvrir qu'on le pressait de questions. Il a été pris à l'épaule par un rustre qui l'a fait pivoter.

J'ai su plus tard que celui qui l'avait ainsi grossièrement attiré à lui était un maréchal-ferrant de Pouvrière qui s'appelle Thomas Chambord. C'était une bête ! Je me souviens de ma première pensée quand je l'ai aperçu : ses bras musclés, son torse puissant ne s'accordaient pas avec sa tête, étrangement petite. Cette dernière glapissait sans que je puisse entendre les mots qui s'exhalaient de cet orifice. L'individu semblait reprocher à Alain d'avoir un cousin qui aurait proclamé « Vive la République ! »

- Mais que s'est-il passé pour que l'on passe d'une altercation à un meurtre ?

- J'y arrive. Quand il a entendu ce qui était reproché à son cousin, Alain n'a pu s'empêcher de sourire à l'idée que De Fraillard, ait pu prononcer une telle parole. Lui qui aimait à s'autoproclamer chef de file des légitimistes, vous le voyez déclarer sa flamme à Marianne ! Je crois que c'est ce sourire qui a attisé la haine de ce Chambord.

- *Ça vous amuse, avait hurlé l'artisan déjà fortement alcoolisé. Vous aussi vous êtes un sale prussien !*

- *Reprenez-vous Monsieur, avait alors déclaré Alain, je puis vous assurer qu'en aucune façon mon cousin n'aurait pu tenir les propos que vous lui prêtez !*

- *Dîtes aussi que je suis un menteur ! Avait hurlé l'autre en le regardant de son regard bovin, votre cousin a crié « vive la République, l'empereur est perdu » et vous dîtes que c'est pas vrai parce que vous êtes un prussien comme lui !*

- Les regards de ses acolytes ont dû lui donner du courage car il a ponctué son discours d'un coup d'aiguillon asséné dans le ventre qui a fait se plier De Monéis en deux. Ce pauvre Alain, il ne semblait pas comprendre ce qui lui arrivait ! Quand il a voulu se redresser pour reprendre son souffle, un deuxième coup, porté par Justin Caroin, l'a atteint dans le dos et l'a fait tomber. A cette évocation, les yeux du curé étaient embués de larmes. A l'aide de leurs sabots, les trois autres ont participé un court instant à cette maudite attraction. Mais même ces animaux se sont vite lassés de frapper un homme qui ne répondait pas, ils l'ont laissé à terre pour s'en retourner à l'auberge.

Paul imaginait facilement la scène. Il avait déjà été spectateur de ces altercations qui étaient monnaie courante dans les foires. Beaucoup d'hommes aimaient faire preuve de virilité en montrant en public leurs compétences dans l'art du combat. Habituellement, c'était les jeunes qui étaient les artisans des premières échauffourées. Mais des hommes d'âge mûrs ne dédaignaient pas prouver qu'ils étaient encore capables de se servir de leurs poings et de leur trique.

- Je ne suis pas étonné que personne ne soit intervenu, il y a souvent des bousculades dans les foires. Mais pourquoi n'a-t-on pas aidé Alain s'il était resté à terre ?
- Tout a dégénéré d'un coup ! Quand je me suis approché pour tenter d'aider mon ami, j'ai été interpellé par Chambord…

- *Regardez-nous ça ! Le clergé vient au secours de la noblesse ! Alors curé, dit la brute hilare, toi aussi tu veux tâter de mon gourdin ! Tu es toi aussi pour les prussiens ?*

- *Qu'avez-vous fait malheureux ! Répliqua le curé, c'est Alain de Monéis, il n'habite qu'à trois kilomètres ! Puis, se retournant vers la foule qui s'attroupait, mais dîtes lui vous autres que vous le connaissez !*

- Personne ne m'a répondu. J'ai eu soudainement l'impression que l'air se faisait plus lourd. On aurait dit que le soleil écrasait les maisons. Ils étaient là, autour de nous. Ils connaissaient Alain, ils ne connaissaient pas Chambord mais ils l'ont laissé faire. Ils semblaient se cacher dans l'ombre de leurs couvre-chefs qui cachaient leurs visages. Je n'aurais jamais pensé voir une telle lâcheté collective, pourtant c'est bien ce que nous avons tous été, des lâches. Le maréchal-ferrant s'est avancé, il m'a arraché des mains Alain et l'a frappé à nouveau. A mon tour, j'ai cédé à la peur. Je me suis éloigné pour ne pas être pris à parti à mon tour. Plutôt que de défendre mon frère, mon ami, j'ai préféré me sauver ! Je me suis dirigé vers ma cure. J'entendais Alain hurler pour que je revienne l'aider, je l'entendais supplier ses bourreaux et j'ai continué sans me retourner. Le prêtre se servit un nouveau verre d'alcool et le but d'un trait. Pour tout vous avouer Paul, je crois bien que j'ai perdu mon âme ce jour.

Peu à peu, à coup de pied, à coup de poing, une petite troupe mouvante s'activait sur le corps ensanglanté. Parfois, quand certains quittaient l'essaim, on pouvait apercevoir le corps frémissant, bien vite caché par de nouveaux arrivants qui participaient aussitôt à la fête.
Puis, comme il faisait fort chaud, Caroin cria qu'ils méritaient bien un verre de vin, voire deux ! Ils décidèrent de s'offrir une pause et se dirigèrent vers

l'auberge, à deux jets de pierre de ce qui restait

d'Alain de Monéis.

Un homme s'approcha alors de la masse sanglante.

Alexandre Perthuit était tailleur de pierre, il revenait

du Dorat où il avait travaillé à la restauration de la

collégiale. Il s'agenouilla près du corps blessé du

seigneur de Bretanges et le prit dans ses bras. Puis, il

se redressa et le porta à l'ombre dans une ruelle. Il

fut alors rejoint par Anatole Puech, l'un des fermiers

d'Alain de Monéis. Les deux hommes portèrent le

corps dans une étable et tentèrent de lui prodiguer

quelques soins.

Peu de temps après, les furieux étaient de

retour. En constatant la disparition de leur objet de

divertissement, ils beuglèrent leur rage. Croyant que

leur victime avait été secourue par de Saint-Pasteur,

ils se dirigèrent vers la cure en hurlant.

- Quand je les ai entendus et vus arriver, j'ai cru
  que j'allais devenir moi aussi leur victime. Je leur
  ai dit que je n'avais pas vu Alain. J'ai invité

Chambord à entrer et j'ai couru à ma cave pour déboucher des bouteilles qui m'avaient été offertes par un oncle négociant en vin à Bordeaux. Ce sont ces bouteilles qui m'ont sauvé. J'ai servi cette troupe comme je l'aurai fait pour des messieurs et je suis passé du statut de prussien à celui d'ami du peuple ! L'homme d'église marqua une pause et reprit, ils ont bu et bu encore ! Je ne sais pas ce qui s'est passé pour Alain ensuite mais ce que je sais, c'est qu'une bande joyeuse et davantage avinée est sortie, me laissant seul avec des bouteilles vides et des verres tachés de rouge ! Paul pris congé du curé et repartit vers la maison familiale.

En marchant, il se remémorait les dernières paroles du prêtre. Il avait lu les minutes du procès, ce passage y était brièvement évoqué. Il avait lu aussi qu'en sortant, le groupe s'était séparé. La majeure partie des soiffards s'était rendue à l'auberge pour poursuivre la beuverie quand Chambord, Caroin et trois autres étaient partis à la recherche du prussien.

Si Chambord n'était pas connu de la plupart des villageois, Caroin en revanche était une figure locale. Ces derniers temps, on l'avait vu chez Peyroulade car il avait servi dans le même régiment que le fils de ce dernier. C'était un de ces rejetons de familles nombreuses qui n'avait jamais pu trouver sa place nulle part. Pas très grand, pas très beau, pas très malin, il n'avait pas un goût prononcé pour le travail ou les études.

Il avait passé sa jeunesse à tenter d'éviter de faire quelque chose de sa vie, ce qu'il avait plutôt réussi. Peu assidu à l'école, il était également rarement présent aux champs. Il préférait courir la campagne même si le soir, au retour chez lui, cela signifiait recevoir une raclée par le père.

Il avait peu d'amis mais beaucoup de connaissances.

C'est en accompagnant une bande où se trouvait le fils Peyroulade qu'il avait signé après quelques verres dans l'auberge de Connezac, pour la vie militaire.

De façon surprenante, y compris pour lui, il avait bien supporté la rigidité de cette dernière. Il n'avait pas le choix, pas à penser et quand il ne travaillait pas il pouvait boire. Les longs temps de garde où rien ne se passe n'avait pas d'effet sur lui ; sa nature l'inclinait facilement à ne rien faire et ne pas penser. Quand il devait se battre, son manque d'empathie lui permettait de n'avoir aucune pitié et sa stupidité passait pour du courage. Il s'était donc révélé comme un bon soldat et avait même connu la campagne du Mexique. Une blessure à la jambe à San Lorenzo avait cependant mis fin à une carrière prometteuse de sous-officier.

Il n'avait pas bien vécu le retour à la vie civile où il n'était plus grand chose. Il ne pouvait plus se réunir avec Peyroulade et ses autres camarades de beuverie. A la demande de son père, un de ses frères l'avait accueilli dans sa métairie. Il y effectuait divers travaux qui le maintenaient occupé toute la journée pour le détourner de ses principales sources de

*plaisir : le vin qui avait bercé sa jeunesse et la gnole
qu'il avait découvert pendant la guerre.*

*Mais il réussissait néanmoins à rejoindre des
auberges le soir. Il y retrouvait son alcool et quelques
compagnons pour des parties de carte. Il jouait même
avec des gens qui comprenaient sa valeur, comme ce
monsieur si bien habillé qui n'était pas bégueule et
qui avait une bourse bien garnie.*

*Il était d'ailleurs à Hautefaye ce 16 août à offrir des
tournées et à bien rire avec tous dans l'auberge et
Caroin se disait que vrai ! On pouvait parler avec lui,
il comprenait le peuple ce monsieur, pas comme
l'autre prussien !*

V

Quand Paul entra dans le potager, il vit Jean qui réparait le fil d'une faux qui venait de donner sur un silex. Il regarda sans mot dire un long moment les gestes lents de son frère. Ce dernier passait une pierre à aiguiser sur la lame. Le bruit et le geste étaient les mêmes que ceux faits par son père quand il était encore présent, quand il s'occupait encore de ses champs . Jean lui ressemblait. La même carrure, les mêmes gestes lents et précis qui laissaient transparaitre un caractère réfléchi et méthodique. Une force tranquille qu'il ne faisait pas bon contrarier. Petit, le journaliste voyait son père comme une rivière tranquille, peu bruyante mais que rien n'arrête. Il était rassuré par cette calme fermeté qu'il percevait dans les gestes et entendait dans les paroles. Un sentiment d'immuable qu'il ressentait à nouveau ici, devant son frère qui réalisait les mêmes gestes.

Puis, il se remémora son père, la dernière fois qu'il l'avait vu. Le vieux regardait dans le vide, inexpressif, silencieux. L'attaque cérébrale semblait l'avoir coupé du monde. Paul ressentait encore sa colère et son impuissance devant cet homme qui ne semblait même pas avoir conscience de sa présence. Un raclement de la pierre le rappela à la réalité. Il se décida alors à exposer ce qu'il avait appris. Jean continua ses mouvements sans mot dire puis il lâcha :

- C'est vrai qu'il a toujours eu peur de la foule, Alain. Il me l'avait dit quand nous sommes allés à Nontron.

- Vous vous êtes rencontrés à Nontron ?

- Non, on y est allé ensemble, chez le notaire, Perguinasse. Moi, j'étais venu pour l'héritage du père et Alain voulait lui soumettre un projet d'irrigation. Ce pauvre De Monéis m'avait demandé de l'accompagner pour ne pas avoir à affronter seul la foule de Nontron, dit mon frère en riant. La foule de Nontron, c'est deux chiens pelés et trois commères, je crois que c'est tout ce que nous avons croisé en arrivant. Nous nous sommes rendus chez le notaire qui nous a tout de suite reçus. J'étais là quand Alain a exposé son projet à Perguignasse. Un vrai projet de messieurs auquel j'ai pas saisi grand-chose. Enfin tout ce que j'en ai compris, c'est ce que je te disais l'autre soir. Avec de l'argent bien investi, mes champs seraient plus verts. Le notaire, lui aussi a tout de suite flairé le filon, ça se voyait comme une tique sur un rat pelé. Je crois en fait que le seul qui ne se rendait compte de rien parce qu'il n'a jamais été sûr de lui, c'était Alain ! Il n'y avait que lui pour ne pas se rendre compte de la belle proposition qu'il faisait. Quand nous sommes sortis, il m'a même dit craindre que sa demande ne soit pas appuyée alors que l'autre en bavait encore dans son bureau, j'en suis certain !

- Tu parles du projet de la Nizonne ? Paul était stupéfait, il avait entendu parler à Bordeaux du montage financier de ce projet qui semblait le dernier moyen trouvé par les royalistes pour attirer à eux des investisseurs et des voix.

- Eh bien oui ! De quel projet d'irrigation veux-tu
  que je te parle ?
- Mais ce n'est pas Perguinasse qui le soutient,
  c'est De Fraillard !
- C'est logique qu'il poursuive le projet de son
  cousin, tu ne trouves pas ? Il s'est associé avec le
  notaire plus quelques autres et ils ont monté la
  société de la Nizonne…
- Si, c'est logique…

Il restait sous le coup de cette révélation. Ainsi, le
projet de De Fraillard pour contrer la sécheresse qui
rendait la terre alentour si ingrate l'été avait été celui
d'Alain.

La Nizonne passait à quelques kilomètres plus au sud.
Si la majorité des agriculteurs de la commune de
Beaussac en profitait, il n'en était pas de même de
ceux d'Hautefaye.

Ici la terre restait sèche l'été, les mares se
transformaient peu à peu en flaques boueuses pour
disparaître vers fin juillet. Seules quelques sources

apportaient l'eau nécessaire pour la consommation des hommes et des bêtes.

De Monéis, dont le château était situé entre les deux communes avait donc eu l'idée d'un ouvrage destiné à capter une partie des eaux de la Nizonne.

Paul savait qu'Alain avait une formation d'ingénieur hydraulique. D'après ce que venait de lui dire son frère, il semblait que le noble avait apparemment décidé de passer de la théorie à la pratique.

Si ce projet d'irrigation voyait le jour, les terres allaient subitement devenir aussi vertes et fertiles que celles de Saint-Front. La commune serait métamorphosée et les habitants verraient leurs revenus croître considérablement.

La curiosité du jeune journaliste était désormais éveillée. Il était possible que l'affaire de Monéis ne se résume plus seulement à un assassinat déjà extraordinaire. Le projet porté par Alain entrait peut-être dans l'équation. Il y avait décidément de nombreuses logiques qui s'entrecroisaient pour mener à la mort du jeune noble.

Les deux frères poursuivirent leur conversation en évoquant les champs de Jean. La plupart se trouvaient dans un petit vallon, de part et d'autre d'un ruisseau. Cette implantation heureuse permettait d'élever quelques bêtes sans trop craindre la sécheresse. La présence de galets dans cet ancien lit de rivière était en revanche une source continuelle de plaintes de la part de l'aîné qui devait bien souvent réparer ses outils.

Comme d'habitude, Paul se sentit rapidement étranger à ces problèmes Il n'était pas de la terre, n'arrivait pas à s'intéresser longtemps à ces problèmes réels mais si éloignés de ses préoccupations habituelles. Jean en revanche devenait de plus en plus prolixe sur le sujet. En regardant son frère, Paul se disait que la même passion pouvait finalement les animer, mais décidément pas sur les mêmes sujets.

Il fit mine de s'intéresser durant plusieurs minutes puis profita d'une pause dans le discours de son frère pour prendre congé en lui disant qu'il désirait profiter de l'occasion qui lui était donnée de revenir au pays pour retrouver quelques vieux amis.

L'un d'eux, Elie Dubois résidait à Nontron. Il partirait donc ce matin et reviendrait vraisemblablement le surlendemain. Cette déclaration conforta Jean dans l'idée que le travail de son petit frère s'apparentait plus à une fête quasi-permanente qu'à un vrai labeur sérieux. Il eut donc un léger sourire en lui souhaitant un bon voyage, il se leva, l'embrassa et reprit son ouvrage avec sa faux et la pierre à aiguiser.

Ce que Paul n'avait pas précisé, c'est qu'Elie était aussi le rédacteur en chef du Républicain de Nontron. Les quatre heures de marches qui devaient l'amener à Nontron lui fourniraient l'occasion de faire le point sur la soudaine multitude d'informations qui l'assaillaient.

Il avait souvent remarqué que durant des promenades, des idées lui traversaient l'esprit et qu'il n'avait par la suite qu'à les jeter sur le papier pour composer peu à peu la trame de ses articles.

Musarder lui offrait ainsi un temps de remise en ordre des idées qui fleurissaient dans son cerveau buissonnant. Il avait l'impression que l'exercice lui permettait de faire couler les mauvaises pensées dans les abîmes de son crâne en ne faisant surnager que les meilleures.

Il fit donc un rapide paquetage, sortit de la maison et s'engagea sur la route de Nontron. En ce milieu de matinée, le soleil face à lui se perdait dans des brumes légères. Il lui semblait marcher dans une de ces forêts enchantées, colorées par l'automne et nimbées d'un voile lumineux qui assourdissait les bruissements du vent et des bêtes. Il salua quelques hommes qui se dirigeaient vers des champs. Les femmes étaient encore invisibles. Elles s'occupaient des enfants et préparaient le linge qui allait être prochainement lavé. En passant devant chez Cadoret, il crut voir une ombre derrière un volet. Il se remémora Justine et la liaison qui avait existé entre eux. Il n'avait jamais su si ce qui s'était passé était pour elle plus qu'une de ces amourettes qui lient les filles et les garçons sortis de l'enfance.

Mais lui qui avait connu d'autres femmes à Bordeaux se disait qu'il serait heureux de lui parler à nouveau, voire de renouer des liens qui étaient plus proches de l'amour que de l'amitié. Ces souvenirs et ces réflexions l'accompagnaient alors qu'il dépassait les dernières habitations.

Il rejoint rapidement la forêt, traversa le hameau de Gillou encore endormi et se dirigea vers Lespirasse. Quelques gouttes l'accompagnèrent les deux premières heures. Protégé par sa veste en toile cirée, il marchait d'un bon pas. Son pantalon fut rapidement humide et collait à sa jambe. Au contact de sa peau, l'eau tiédissait et le protégeait de la fraîcheur matinale. Il ressentit rapidement cette sensation d'apaisement que la marche lui apportait.

Paradoxalement, son cerveau semblait fonctionner à plein rendement. Il contrôlait les idées qui y naissaient, pouvait les examiner sous toutes les coutures avant de les conserver ou de les rejeter. Il profita de cet état pour dégager les diverses pistes qui s'offraient à lui tout en anticipant les réactions à venir des différents protagonistes encore en vie.

Le déroulement de la journée semblait clair mais il avait été surpris par le témoignage de Saint-Martyr. Il s'était aperçu qu'au-delà des faits, le ressenti des uns et des autres sur cette journée pouvait éclairer l'affaire d'un jour nouveau. Ne pas simplement s'arrêter à la description mais désormais favoriser l'expression du ressenti de ses interlocuteurs pouvait donc permettre d'aller plus loin dans l'explication. Par ailleurs, il désirait éclaircir cette histoire d'irrigation pour voir si elle pouvait ou non avoir un rapport avec ce qui s'était passé. Pour cela, il lui fallait l'aide d'Elie.

Il s'arrêta à midi dans une petite auberge de Nontronneau où il s'installa dans un coin de la salle. Il espérait ainsi échapper aux conversations sur le temps ou les récoltes qui l'avaient toujours prodigieusement ennuyé. L'auberge était sombre, sans prétention mais propre et accueillante. Le patron aimait le travail bien fait et Paul déjeuna fort honnêtement d'une tranche de lard et de pommes de terre sarladaises arrosées d'un vin de pays.

Il n'y avait que quatre autres clients assis à deux tables de la sienne. Un des convives semblait plus enclin à parler politique qu'à manger. Les trois autres relevaient alternativement la tête de leurs assiettes dans un ballet bien ordonné pour acquiescer. Le nom de Mac Mahon revenait en boucle dans le discours de l'orateur de taverne. A l'entendre, le comte était quasiment descendu du ciel, envoyé par les dieux pour sauver la France et protéger son peuple. Cette fascination pour le maréchal semblait partagée tant par une grande partie des français que par les trois autres hommes.

Décidemment, qu'ils appartiennent au peuple ou à l'aristocratie, l'armée liait les gens et les officiers supérieurs devenaient des personnalités politiques de premier plan.

Beaucoup ne retenaient maintenant de l'Empire que la gloire militaire passée et oubliaient la Russie. Le rôle que jouaient les troupes dans la construction d'un empire colonial qui enrichissait toujours plus la métropole affermissait le pouvoir des officiers sur le pays. Même Reichshoffen ou Sedan étaient transformées en image patriotique. On parlait d'honneur, de sacrifice, de gestes héroïques en oubliant les défaites et les morts.

C'est sur ce terreau nationaliste que les conservateurs cultivaient leur image d'hommes créateurs d'ordre et de richesses. Les français qui se posaient comme les champions de la démocratie, semblaient ainsi perpétuellement à la recherche de nouvelles formes de monarchie absolue.

Le pauvre Alain avec son humanisme des Lumières ne pouvait pas vivre dans ce siècle cruel. Il fallait choisir un camp et le servir. Légitimiste ou républicain, conservateur ou libéral : l'époque n'était pas à la concession. Il fallait entretenir ses certitudes avec d'autres qui les partageaient. On pouvait en changer comme monsieur Thiers, mais toujours avec excès car on vomissait les tièdes.

Toute cette admiration extatique l'étonnait. Un vieux réflexe venu de ses études de droit et conforté par son éducation l'amenait à subordonner l'armée et ses chefs aux hommes politiques élus. Or il constatait que son pays semblait choisir l'option inverse. L'armée profitait d'une conjoncture favorable qui apparemment profitait à tous. Les pauvres y trouvaient du travail et, pour quelques-uns, un moyen de s'élever socialement. Les riches appréciaient sa force qui permettait de maintenir l'ordre quand venaient les révolutions et d'assoir l'empire colonial. Il écouta de plus en plus distraitement la conversation puis il sortit le carnet qui ne le quittait pas et entreprit d'écrire pour ordonner ses idées.

Après une vingtaine de minute de cet exercice et un dernier verre de vin, le jeune homme se leva, paya son repas et reprris sa route.

Puech et Perthuit tentaient de soigner le malheureux. Il l'avait porté dans une bergerie, allongé sur la paille et l'aidait à boire un peu d'eau. De Monéis n'avait pas perdu connaissance et il marmonnait d'incompréhensibles remerciements.

Ils entendaient le vrombissement de la taverne toute proche. La chaleur semblait vouloir finir d'écraser le village qui en réaction semblait s'être regroupé dans l'auberge pour lutter en buvant.

Alain semblait être passé sous un cheval au galop. Certains de ses membres formaient des angles bizarres, du sang coulait de ses plaies et de sa bouche. De manière surprenante, lui que l'on avait toujours connu de constitution frêle n'était pas anéanti par des coups qui auraient abattu un colosse. Puech le maintenait et Perthuit tentait d'essuyer ses plaies avec un linge humide. Alain semblait peu à peu sortir de la léthargie dans lesquels les coups l'avaient plongé. Anatole entendit soudainement un vacarme du côté de l'auberge mais, contrairement à ses craintes, le bruit s'apaisa pour redevenir un bourdonnement. Il se dit qu'ils allaient peut-être réussir à sauver son propriétaire quand la porte de leur abri s'ouvrit ...

VI

Il arriva en milieu d'après-midi à Nontron. La ville entière sortait de table. Il semblait à Paul qu'il entendait les cliquetis de la vaisselle derrière les fenêtres fermées.

Après avoir suivi un court moment le Bandiat, il remonta vers le quartier Notre Dame. Le rédacteur en chef habitait près de l'église. C'est lui qui ouvrit quand Paul frappa à sa porte. Elie fut d'autant plus content de revoir son ancien camarade que cette arrivée imprévue lui offrait l'occasion de partager un cognac qu'il venait d'acquérir. Dubois était avant tout un épicurien convaincu qui avait un besoin viscéral de partager ses bonheurs avec ceux qu'il aimait. Le cognac était un bonheur et Paul un de ses plus proches amis…

- Mais dis-moi, qu'est-ce qui t'amènes ici mon grand ?

Elie continuait d'employer le ton protecteur et fraternel qu'il avait adopté peu de temps après leur première rencontre. Il avait connu Paul quand ce dernier était arrivé au lycée, à Bordeaux. Venant tout deux du Nontronnais, ils avaient tout de suite sympathisé. Leur alliance leur avait permis de surmonter les tentatives de brimades de certains camarades d'internat, pour la plupart plus aisés et moins talentueux.

-    Alors, Tu rentres chez toi ? Tu en as assez du mont Palatin ?

-    Mon pauvre Elie, toujours ces plaisanteries qui ne font rire que toi, typique des petits bourgeois ! rétorqua Paul avec un sourire. Comme d'habitude, leurs retrouvailles débutaient par quelques taquineries sur son ambition supposée et sur l'hypothétique position sociale d'Elie.

Le rédacteur en chef partit dans un de ses rires somptueux qui traduisait sa joie et sa bonhomie. Il aimait ce garçon comme un frère. Ils s'étaient épaulés durant leurs études tant au lycée qu'à l'université. Il avait été naturel pour l'un comme pour l'autre de se tourner ensemble vers le journalisme.

Mais si Paul voulait encore et toujours investiguer, aimant dénouer des intrigues pour les révéler. Elie préférait davantage organiser la diffusion de l'information. Il n'avait ni le goût, ni le talent de son camarade pour composer le faisceau d'indice qui permet de faire éclater une vérité jusque-là restée dans l'ombre.

En revanche, son habileté relationnelle lui avait permis de se constituer un réseau d'informateurs et de protecteurs. Il était ainsi au courant de toutes les affaires, honnêtes ou non, publiques ou plus discrètes qui agitaient le nontronnais. Son sérieux dans la vérification de ses sources comme dans la tenue des comptes permettaient à son journal d'adopter une indépendance d'esprit et une liberté de ton rares pour un quotidien local. Le Républicain de Nontron était devenu la feuille de référence de la région et son rédacteur en chef un notable malgré lui.

Elie s'amusait souvent de cette ascension sociale qu'il ne recherchait pas. Lui qui envisageait une vie simple qui lui offrirait le temps de se consacrer à l'écriture et à la bonne chair se trouvait presque malgré lui au cœur d'entreprises complexes. Il avait coutume de dire qu'il était la preuve vivante qu'un bon journaliste n'a besoin que d'une qualité celle de savoir écouter ceux qui veulent parler.

-    En fait, je ne viens pas de Bordeaux, Elie. J'étais chez moi, à Hautefaye. J'y suis revenu pour enquêter sur le village des cannibales, ça te dit quelque chose ?

Le sourire du nontronnais s'effaça.

-    Bien sûr que j'en ai entendu parler. Qui n'en a pas entendu parler ? Il but une gorgée de cognac. Mais pourquoi veux-tu remuer cette histoire ? On commence à ne plus en parler. C'est mieux pour ton village, tu sais ? On a dit des horreurs sur tes voisins, des horreurs.

-    En fait Elie, j'ai été envoyé par mon journal pour enquêter sur cette affaire. Tu connais Mie ? Elie acquiesça et Paul reprit, il m'a demandé de creuser les faits. Pour lui, on a vu qu'une partie de l'affaire, on s'est arrêté aux faits bruts sans essayer de comprendre ce qui les a provoqués.

- Et il n'a sans doute pas tort. Quand je me rappelle comment mes chers confrères ont repris des passages entiers de l'autopsie ! Ils étaient si heureux d'avoir du drame à vendre, comme si Sedan n'avait pas suffi ! Et cette phrase du maire qu'ils reprenaient tous ! Belle invention de pisse-copie ! « Mangez-le si vous voulez ! » Comme si les faits n'étaient pas assez affreux !

- Oui, mon patron semble penser que l'époque est plus coupable que les meurtriers, dit Paul avec un pauvre sourire.

- Et toi, qu'en penses-tu ? Interrogea doucement Elie

- Moi ! Mais je ne pense rien, répondit ironiquement le journaliste. Je ne suis qu'un pisse copie qui doit rendre compte objectivement. Enfin, pour tout te dire, je ne suis pas tout à fait d'accord avec Georges Mie. Je ne veux pas dédouaner si facilement ces hommes de leur responsabilité. J'ai joué avec Alain, il était doux et il aimait les gens. Je ne veux pas pardonner à des brutes qui ont assassiné une telle personne. En revanche, je ne trouve pas juste de leur faire tout porter. C'est vrai que l'on voyait des prussiens partout à l'époque, à croire que personne ne voulait porter la responsabilité de nos échecs. C'est tellement plus simple de dire que c'est la faute des autres, non ?

- C'est assez courant en effet.

- Ils l'ont tué mais ils étaient soûls ; on n'a pas jugé l'aubergiste et le curé ! On n'a pas jugé les journalistes qui écrivaient que la noblesse soutenait les prussiens. Ce sont d'ailleurs ces mêmes écrivaillons qui ont su retourner leur chemise pour dire que les tueurs étaient des bêtes et qu'il fallait leurs têtes !

- Je te reconnais bien là, toujours entier mon Paul !

- Toujours, en effet ! Mais maintenant, je sais calmer ma colère et ouvrir davantage les yeux et les oreilles. Tu m'as appris ça ! Et vois-tu ça m'a fait découvrir une suite singulière à cette affaire.

Et Paul raconta à son camarade ce que lui avait appris son frère sur la compagnie de la Nizonne. Ce dernier se montra rapidement très intéressé par les révélations de son ami.

- Ce que tu me racontes là confirme des doutes que j'ai depuis longtemps sur ce bon maître Perguinasse. Il fricotte à droite et à gauche cet animal. C'est le champion de l'opportunisme nontronnesque ! Vois-tu, moi je vends peu cher de l'information à tous, mais lui je suis sûr qu'il fait l'inverse !

- L'inverse ?

- Eh oui ! Il vend cher de l'information à certains. C'est un gros malin le Perguinasse. Il utilise son étude pour rentrer dans l'intimité des uns et des autres puis il monnaie ce qu'il découvre.

- Tu es sûr de ce que tu dis là ?

- Certains, mais je ne peux pas le prouver et je suis même certain de ne jamais y arriver car il tient trop de monde. C'est mon double maléfique te dis-je, confia avec un rire amer le journaliste. On est pareil, mais on a des valeurs différentes, c'est tout.

- A qui penses-tu que le notaire a vendu l'information sur le projet d'Alain ?

- Ça mon grand, c'est simple. A qui profite le crime ?

- Que veux-tu dire ?

- Qui porte le projet maintenant ? Tu m'as parlé du cousin d'Alain mais il ne me semble pas avoir les reins assez solides. Je l'ai déjà rencontré le petit Fraillard, c'est une grande gueule avec pas grand-chose derrière. Il n'a jamais fait dans la dentelle.

- C'est vrai que je me rappelle lui avoir passé quelques peignées quand nous étions gamins, sourit Paul. Il se prenait pour un chef alors qu'il n'avait qu'un nom. Ça nous agaçait …

- Nous ?

-   La plupart des gamins de Hautefaye et de
    Beaussac. On jouait souvent ensemble dans le
    bois entre nos deux villages. Enfin on jouait !..
    C'était plutôt des batailles pour l'honneur du
    village et les beaux yeux des filles ! Alain était si
    content de nous retrouver, il n'avait que des
    sœurs ! Ce n'était pas qu'il aimait se battre, mais
    là il devenait un homme !

-   Mon pauvre Paul, j'ai toujours su que les
    campagnes de l'empereur te faisaient rêver, se
    moqua gentiment Elie. Je crois moins en la vertu
    de la guerre que toi.

Son camarade se renferma après ses paroles et
s'abîma dans la contemplation de son cognac.
Dehors, la ville vibrait doucement. Les ouvriers
avaient repris leurs tâches et on entendait les
marteaux des forges et le souffle des hauts fourneaux.
Nontron redevenait grise de cette industrie qui s'était
répandu dans la ville. Certains disaient même que

l'on pouvait connaître l'heure en se fiant à la consistance de la suie.

Cette dernière s'épaississait au fur et à mesure que la journée passait, grisant les façades et noircissant les poumons.

Après quelques minutes de silence, les yeux de Paul se détachèrent du verre d'alcool qu'il posa.

Elie proposa de se rendre au journal. Ils se levèrent et enfilèrent leurs manteaux pour sortir.

Ils n'échangèrent que peu de mots sur le chemin.

Les Dubois habitaient à cinq minutes du journal.

L'immeuble qui abritait ce dernier donnait sur le Bandiat. L'été, aux heures les plus chaudes, il n'était pas rare de voir les rédacteurs écrire le long des berges afin de profiter de la petite brise qui survolait le cours d'eau. Des réunions de rédaction avaient même parfois lieu sur une petite presqu'île formée par une boucle de la petite rivière. Rapidement, ces habitudes et le caractère convivial de l'administration du journal avaient contribué à ancrer le Républicain de Nontron dans le paysage habituel de la ville.

L'entrée même de l'immeuble, un ancien relais de diligence, avait été travaillée de façon à inviter le passant à entrer. Les portes qui fermaient originellement la cour avaient été enlevées. Un jardin avec des chaises et des tables avait été installé en lieu et place de l'ancienne cour pavée. Il était ainsi possible pour les journalistes de travailler à l'ombre des arbres, de recevoir leurs informateurs dans un cadre tranquille, facilitant les confidences. Ce havre de verdure en pleine ville donnait sur un ensemble de bureaux similaires, répartis de part et d'autre d'un long couloir qui se terminait par une grande salle. Cette dernière servait pour les réunions de rédaction. L'étage rassemblait les Archives. Sous cette dénomination un peu pompeuse se retrouvait l'ensemble des précédentes éditions du journal mais également un centre documentaire rassemblant les exemplaires des journaux régionaux et nationaux des cinq dernières années et des fiches sur les sujets les plus divers que devait réaliser chaque rédacteur à raison d'une par semaine. C'était un peu la salle du trésor du quotidien. Elie disait même que si la rédaction était l'âme du Républicain de Nontron, les archives en étaient le cœur.

Cette masse de connaissance était ordonnée de main de maître par Jean Imbert. Ancien chroniqueur, licencié d'histoire, Jean s'était vu confié la création de ce fond à son arrivée au Républicain de Nontron. Il s'était immédiatement attelé à cette tâche avec ardeur et ne désirait plus reprendre son précédent métier. Ce petit homme maigrelet n'était jamais aussi heureux que quand il présentait l'information rarissime que son classement permettait de faire apparaître. Il disait s'être inspiré des travaux d'un bibliographe américain qui finalisait actuellement un système révolutionnaire de rangement d'une bibliothèque. Il présenta son système et le classeur qui permettait de retrouver les documents à Paul.

Ce dernier s'enferma dans les archives et le rédacteur en chef ne l'en vit ressortir que vers dix-neuf heures. Ils n'avaient pas échangé un mot de l'après-midi et s'en étaient retournés chez Elie.

Le nontronnais regardait son ami. Il était souvent touché par son caractère entier. Tant de fois, il avait vu son ami se renfermer quand un trait le touchait. Il pouvait ainsi rester mutique une journée, s'adonner à diverses activités puis reprendre la conversation où elle s'était arrêtée. Malgré un esprit vif, une capacité de conceptualiser étonnante, le jeune homme restait fragile. Sa candeur était à la fois une force et sa faiblesse.

Si elle lui permettait de percevoir sous un nouveau jour bien des situations, elle l'amenait parfois à se sentir trahi alors qu'on ne lui faisait remarquer qu'un trait de son caractère. Toutefois, ces moments de remise en question lui permettaient habituellement d'analyser son comportement et plus souvent encore de maîtriser ses faiblesses.

Elie avait deviné que son camarade de lycée vivait l'un de ces moments. Il n'était pas surpris par ce, très, long silence. Il attendait de le voir sortir de ses réflexions. Paul buvait un cognac par petite gorgée. Puis il posa son verre et releva la tête.

- 	Tu sais, finalement tu as peut-être raison. Il est possible que ces jeux aient conduit certains d'entre nous à devenir pire que des bêtes. On s'habituait à voir frapper les autres. Je crois même que j'aimais ça, cette sensation de pouvoir que tu as quand tu sens que ton adversaire est à ta main.
- 	Ce n'était qu'une plaisanterie Paul, reprit son ami. Ne te fais pas mal inutilement. Tu n'es pas une de ces brutes et tu ne le seras jamais ! Ce n'est pas parce qu'on donne un coup de poing que l'on est une crapule !
- 	Ça reste à voir Elie, ça reste à voir. Tu as raison, ce n'est pas parce qu'on se bat quand on est gosse que l'on devient soldat ou assassin ! Mais quand même, il y a un sacré terreau favorable ! Je me demande si nous ne risquons pas tous de passer un jour du mauvais côté plus facilement qu'on ne le pense ?

- Ne dis pas n'importe quoi. Tu n'es pas comme ça et tu n'as pas été élevé ainsi ! N'oublie pas que tu ne t'es pas fait tout seul ! Tu m'as souvent parlé de ta famille, des idées républicaines de tes parents. Ton arrière-grand-père s'est battu à Valmy, ce n'était pas par amour de la violence mais pour défendre ses idées. Ton père était conseiller municipal pour les mêmes raisons m'as-tu dit et toi, je ne t'ai vu te battre qu'une seule fois … Il arrêta là son discours.

- Tu sais Elie, dit Paul attendri par l'émotion palpable de son ami, je vais te croire. Je veux espérer qu'il y a du bon encore en ce monde et que j'en fais partie.

- Tu peux me croire mon ami, tu en fais partie, crois moi …

L'actuel rédacteur en chef du Républicain de Nontron se remémorait leur rencontre. Sa première nuit à l'internat du lycée lui avait fait découvrir ce qu'il ignorait à Nontron, la peur et le mépris qu'il inspirait à certains de ces camarades. L'adolescent avait ainsi compris qu'il ne serait pas toujours facile d'être juif quand trois de ces condisciples le saisissant dans un couloir par les bras l'emmenèrent dans une salle d'étude pour le battre. L'un d'eux lui reprochait l'existence de la synagogue pourtant ancienne de plus de cinquante ans, un autre de faire partie d'une autre nation, de ne pas vouloir faire partie des vrais français quand le troisième le frappait.

Les agressions de ce type restaient rares mais les réformes qui avaient donné un statut de citoyen à part entière aux membres de la communauté du futur rédacteur en chef restaient encore sources de polémiques. Même les journaux plutôt favorables à un pluralisme culturel et religieux comme la Petite Gironde faisaient un distinguo entre les juifs « qui comprennent qu'il vaut mieux vivre sous le régime d'une république démocratique, tolérante et égalitaire que sous la monarchie », et les israélites « oublieux des bienfaits qu'ils doivent à la révolution ». La nuance favorisait des interprétations aussi rapides qu'erronées chez certains républicains. Quant aux légitimistes et aux bonapartistes, le vieux fond d'antisémitisme qui accompagnait leur conception du monde les amenait régulièrement à se réjouir des faillites chez les israélites voire à en provoquer certaines.

Il était ainsi bousculé depuis de trop longues minutes quand une ombre surgit tout à coup. Elle éclata le groupe et poussa la victime dans un coin de la salle. Puis, elle s'avança vers le « vrai français » et lui lança un coup de pied en pleine poitrine qui faucha l'agresseur.

Le nouveau venu restait immobile, mesurant du regard les deux autres assaillants qui ne bougeaient pas. Il était grand et mince. Son visage resta caché par la pénombre quand il s'exprima d'une voix glaciale. Il se tourna vers le véritable patriote et lui dit :

-   Nous allons nous battre. Vous êtes trois et je suis seul. Vous allez peut-être me battre. Mais si vous *attaquez, je vais choisir l'un d'entre vous et je le frapperai tant qu'il m'accompagnera à l'hôpital. Comme cela, nous serons au moins deux à aller à Saint-André.*

Les trois attaquants sentirent que le nouvel arrivé ne plaisantait pas et préférèrent se replier en marmonnant de vagues menaces. Quand ils eurent disparu, le garçon s'approcha.

- *Je m'appelle Paul, dit-il, peux-tu te mettre debout ?*
- *On va essayer, répondit Elie en s'appuyant sur un bras pour se relever. Il grimaça, un coup de pied l'avait blessé au poignet. Je crois bien que je vais avoir besoin de ton aide.*
- *Pas de problème. Attention, je vais te soulever, dit le nouvel arrivant joignant le geste à la parole.*

Quand ils furent en face l'un de l'autre, Dubois constata que son sauveur était plus jeune que lui.

- *Merci Paul, je m'appelle ...*

- *Elie Dubois. Le coupa Paul. On m'a dit qui tu étais. Il semble que tu n'aies pas que des amis ici. Je suis arrivé moi aussi aujourd'hui. J'ai rencontré un de ces trois crétins cet après-midi qui m'a donné ton nom. Il m'a dit qu'ils allaient te faire passer le goût de la viande casher. C'est quoi d'ailleurs la viande casher ?*

Le garçon regarda ce drôle de personnage, vit qu'il était sincère et sourit devant l'incongruité de la question.

- *Une simple façon de préparer la viande. Tu ne connais pas la façon de vivre des juifs ?*
- *Non, je n'en connais pas dans mon village. Tu es juif ?*
- *Ma mère l'est, pas mon père. J'espère que ça ne te fait pas regretter ton geste ?*
- *Non, pourquoi, ça devrait ?*
- *Non, excuse-moi. Tu me dis que tu viens d'un village ?*

-   De Hautefaye, un hameau près de ...

-   ... Nontron ! Je viens de Nontron, on est voisin
    Paul !

Immédiatement, les deux garçons se mirent à parler,
se rappelant l'un à l'autre des particularités de leur
pays. Ils se découvrirent une commune passion pour
la lecture et un goût pour l'altruisme qui se
s'avèrerait que fort peu partagé par leurs camarades
de lycée.

Ils rentrèrent dans leur dortoir en continuant
d'échanger et ne se turent qu'à la suite de menaces
proférées par le surveillant de nuit.

Ils continuèrent d'échanger le lendemain et le
surlendemain. Ils se découvrirent de nombreux goûts
communs mais aussi des différences de caractères.

Autant Paul était peu expansif mais passionné, autant
Elie apparaissait volubile tout en restant extrêmement
réfléchi.

Ces caractères différents les rapprochèrent comme
deux pôles d'aimant opposés s'attirent. Ils

s'aperçurent qu'ils s'enrichissaient mutuellement en confrontant leurs vues et utilisèrent cette force nouvelle pour leurs études.

Ils devinrent rapidement inséparables et leurs années de lycée forgèrent une amitié indéfectible.

VII

Le lendemain, Paul interrogea son ami.

- Dis-moi Elie, que sais-tu de Mazerat ?

- Pourquoi me parles-tu de celui-ci, répondit Elie en
fronçant les sourcils. Attention où tu mets les
pieds Paul, Mazerat est un homme dangereux qui
monte en puissance par ici. Depuis que Roby-
Pavillon s'est retiré en lui laissant la mairie, il
tente de faire régner ici l'Ordre moral des
parisiens. S'il y a des hommes qui croient encore
en la démocratie, Mazerat n'en fait pas partie.
Méfie-toi donc mon grand !

- On dirait que tu me parles du grand méchant loup,
on n'est pas dans un conte Elie …

- Justement, tu dois faire très attention. Les
méchants ne te laisseront aucune chance, crois-
moi mon ami.

- Alors dis-moi ce que tu sais sur cet homme. Son
nom apparaît dans ton journal mais pas un article

de fond ne lui est consacré. Pourtant, je suis certain qu'il joue un rôle essentiel dans la politique de la région, je me trompe ?

- Non, effectivement il est important… et malin ! C'est avant tout un type brillant qui aime le pouvoir. Il est apparu après la commune dans la région. Certains disent qu'il a conseillé Thiers durant les évènements de la Commune de Paris mais qu'il a trouvé le vieil Adolphe trop républicain à son goût. Il l'aurait quitté en février et en mars il était ici, chez un de ses cousins, pour se mettre au vert. Tu te doutes que l'éviction de Thiers en mai lui a donné du cœur au ventre. Il a rapidement constitué un groupe de monarchistes, où se trouve d'ailleurs ton cher de Fraillard, le cousin d'Alain de Monéis.

- Tiens donc, ce brave André ! Ricana Paul

- Oui, comme tu dis ! Ce brave André, reprit Elie. Il fait partie du cercle qui gravite autour de Mazerat. Ils se sont bien trouvés d'ailleurs ces deux-là. Tous deux fervents admirateurs de l'Ordre moral, ils n'attendent qu'une chose, la fin de la république et le retour d'un roi. Certaines de mes sources les soupçonnent d'utiliser des moyens parfois extrêmes pour arriver à leurs fins.

- Quels genres de moyens ? interrogea Paul.

- Le genre qui doit rester secret si tu ne veux pas finir à Cayenne. Ils n'ont pas la même façon de penser que toi ou moi. Ils sont préparés depuis qu'ils sont nés pour le pouvoir. A ton avis, ça donne quel genre de personne un enfant qui s'entend dire depuis sa prime enfance qu'il est supérieur aux autres ?

Le jeune homme ne répondit pas mais l'image d'André se présentait à son esprit. De Fraillard représentait parfaitement cette partie de la noblesse qui n'avait jamais accepté la fin de l'Ancien Régime. Gamin prétentieux et fortuné, il avait fréquenté les institutions habituelles pour ceux de son rang et étudié les sciences, principalement dans l'idée de prendre en main une manufacture.

Il avait en effet fait sienne la logique entrepreneuriale de l'aristocratie anglaise. Cette dernière avait irradié l'Europe et fasciné une partie de la noblesse française qui voyait en l'industrie un instrument de reconquête du pouvoir.

André avait été éduqué dans l'idée de cette guerre qui ne disait pas son nom, où les soldats avaient été remplacés par des ouvriers.

-    A mon avis, reprit Elie, les légitimistes charentais ont très rapidement dû voir le parti qu'ils pouvaient tirer de l'affaire de Hautefaye. Penses-tu ! De Monéis mort, son héritage passé à Fraillard, ils possèdent les clefs pour irriguer un quart du canton ! Qui plus est le quart où de Fraillard possède des hectares ! S'ils se débrouillent bien, ils pourront s'arroger le titre de bienfaiteur des paysans tout en s'enrichissant ! On a beau dire, le libéralisme, c'est pas toujours honnête, mais c'est pas idiot !

Paul allait répondre quand la femme de son ami entra dans le salon. Quand Rachel s'avança, Paul resta sans voix. La jeune femme ne cachait pas sa grossesse et resplendissait. Le jeune homme se leva immédiatement et embrassa familièrement son hôtesse. Il l'aimait comme une sœur et affectionnait les moments passés avec le couple. En la regardant, radieuse, il se dit que décidemment, les Dubois formaient un couple surprenant. Alors qu'Elie occupait l'espace par sa taille, son embonpoint et sa verve du sud-ouest, Rachel s'imposait par sa présence discrète et réfléchie. Petite, fine et brune, elle apparaissait tout d'abord fragile à côté de son mari. Mais dès qu'elle parlait, sa bonté et la subtilité de son raisonnement lui conférait une place centrale dans les discussions. Elle s'assit sur un petit canapé corbeille et la conversation dévia sur l'arrivée prochaine du premier enfant du couple. Elie riait de la surprise de son ami, il expliqua son silence en rejetant la faute sur sa compagne.

- Je voulais te le dire. Mais c'est madame qui m'a fait promettre de garder le secret. Elle voulait que nous soyons tous les deux pour te faire la surprise.

- Et bien, c'est réussi ! Et le plus incroyable c'est que l'on vient donc de trouver quelqu'un capable de te faire taire, riait Paul. Mais dîtes moi, pour quand est prévue l'arrivée du futur petit dernier ?

- Pour décembre, répondit Rachel. Un enfant de la fête.

- Noël ? s'étonna Paul

- 'Hanouka, répondit son amie moqueuse.

Les deux hommes sourirent à leur tour. La conversation se poursuivit jusqu'au déjeuner qui fut rapidement servi.

Pour décharger la future mère d'une partie des travaux ménagers, le couple avait récemment engagé une jeune domestique. C'est cette dernière qui avait préparé le déjeuner et qui fit le service. Le repas était simple mais excellent.

Rachel s'était rapidement habituée à cette aide bienvenue, Elie avait quant à lui plus de mal à concilier ses opinions politiques et le statut d'employeur. Paul avait ainsi remarqué que son ami évitait de s'adresser directement à son employée, laissant sa femme gérer le service. Il s'amusait de cette gêne qui soulignait le caractère modeste de son ami.

Après le repas, Rachel se retira pour se reposer. Les deux compagnons reprirent leur conversation.

- Dis-moi Elie, j'aimerais que tu me précises ta pensée ? Penses-tu qu'André soit pour quelque chose dans la mort d'Alain ?
- Ne me fais pas dire ce que je n'ai pas dit. Je constate simplement que le décès de De Monéis sert bien des intérêts, c'est tout.
- Ce n'est pas faux. Je crois que je vais creuser de ce côté. Je retourne à Hautefaye, embrasse Rachel pour moi, dit Paul en se levant.

Elie connaissait trop bien son camarade pour tenter de le dissuader. Il suivit Paul qui fit rapidement ses

affaires et le raccompagna à la porte d'entrée. Après
l'avoir embrassé fraternellement, il le regarda repartir
pour son village.

*Le médecin dépêché par le procureur général de la
cour de Bordeaux s'avance vers l'église où ont été
déposés les restes d'Alain de Monéis. Il est suivi par
l'assistant à qui il va dicter le rapport d'autopsie.
Maire de Nontron, le docteur Emmanuel Roby-
Pavillon ne connaissait pas Hautefaye. Sa ville
tournée vers la capitale Girondine ne prête pas
beaucoup attention à l'arrière-pays. D'ailleurs,
l'affaire qui l'amène dans ce hameau le conforte dans
son idée que ces bois et ces champs sont décidemment
habités par une populace décérébrée qui n'a d'utilité
qu'en uniforme sur un champ de bataille.
La route en mauvais état a réveillé ses douleurs de
dos et la chaleur vite étouffante parachève un tableau
déjà bien chargé.
-    Avancez Julien, lance-t-il à l'homme qui le suit.
     Ce dernier est chargé d'une écritoire en*

bandoulière. Il sue également à grosses gouttes. A la fois assistant du médecin et secrétaire de mairie, il ne voit pas laquelle de ces deux fonctions l'amène dans ce trou perdu.

- *Excusez-moi monsieur, mais où diable allons-nous opérer ?*

- *Ici ! Il parait que les restes de monsieur de Monéis reposent dans cette église, répond le gros médecin en poussant la porte, il nous faut déterminer la cause du décès et ...*

Roby-Pavillon se figea devant le spectacle qui s'offrait à lui. Dans le chœur, devant la croix, se trouvait ce qui restait du corps d'Alain de Monéis.

- *Mon Dieu, que lui ont-ils fait ? Mais que lui ont-ils fait ? répétait le médecin, incapable d'exprimer autrement sa stupéfaction.*

Son collaborateur avait laissé tomber son écritoire et était sorti pour rendre son dernier repas.

Le spectacle qu'offrait dans cet édifice le corps supplicié était difficilement soutenable. Mais plus encore que la vision qu'ils avaient sous les yeux, c'est

l'odeur douçâtre de cendre remplissant l'église qui
rendait la scène encore plus insupportable.

Placé devant l'autel, Alain semblait être tombé de la
croix après avoir été supplicié, des dépôts de cendre
blanchâtres formaient une croûte sur le corps
ensanglanté.

Le cadavre ressemblait à une de ces planches
d'anatomie qu'avait étudiée le praticien durant ces
études. La chaleur avait fait éclater la peau et fondre
une grande partie de la graisse. Ça et là
apparaissaient encore des morceaux de chairs, le
plus souvent rougis par le sang de la victime.

L'attitude même du cadavre révélait la souffrance
qu'avait dû éprouver la victime.

Julien revint dans l'édifice et s'approcha de son
employeur. Ce dernier le regarda et l'invita à
ramasser son pupitre portatif. Puis il s'avança,
traversa la nef et tourna autour du corps avant de
commencer à dicter son rapport.

-    Le cadavre est presque complètement carbonisé.

     Il est présenté dans cette église couché sur le dos,

il semble au vu de la position des membres qu'il devait également être dans cette posture lors du décès. La tête est légèrement tournée de côté, la face regardant vers la gauche. L'avant-bras droit est replié vers la tête, comme si le malheureux avait voulu protéger son visage. Il manque trois doigts à sa main droite, ... L'autre semble intacte. Le thérapeute s'approcha du corps et reprit après un soupir, ils semblent avoir été tranchés par un outil semblable à un couteau ou un tranchoir.

- *Un instant monsieur, Julien semblait avoir du mal à détacher son regard du supplicié, ... tranchoir, reprit-il, je vous écoute monsieur.*

- *Le bras gauche est tendu vers l'avant,... On dirait qu'il demandait grâce, continua Emmanuel, l'expression du visage traduit une extrême douleur, il est fort possible qu'il ait été brûlé vif. Son tronc est d'ailleurs tordu et semble comme cassé, tendu vers l'arrière comme un arc. On constate une blessure à l'entrejambe, la victime semble ... avoir été émasculée. L'angle que forment les jambes indique que ces dernières ont été tirées avec force. On peut supposer que des personnes tenaient monsieur de Monéis sous les épaules quand d'autres tiraient avec force ces jambes.*

- *Mais pourquoi monsieur ?*
- *Vraisemblablement pour reproduire d'une manière sauvage un vieux supplice mon ami, l'écartèlement ! Ils n'y sont pas complètement parvenus mais il semble toutefois qu'ils ont réussi à faire sortir les os des jambes de leurs logements. Le médecin examina les blessures apparentes sur l'ensemble du corps en commençant par la tête et en allant vers les pieds. Je constate des plaies importantes sous la plante des pieds de monsieur de Monéis. Des trous profonds à intervalles réguliers sont disposés sous chaque pied en arc de cercle, la voix du médecin tremblait, je crois qu'on a voulu le ferrer comme un bœuf !*

- *Ce sont des monstres, des sauvages ! Il faut être fou pour faire subir cela à un être humain, mais où nous a-t-on fait venir ! Finissons-en monsieur et partons !*

- *Vous avez raison Julien, reprenons. L'examen du cadavre de monsieur de Monéis m'entraîne à penser qu'il a été brûlé alors qu'il était toujours vivant. La mort est de façon certaine le résultat des brûlures et probablement d'une asphyxie consécutive à l'inhalation des fumées du bûcher où a été conduit le malheureux. Il faut noter que le corps a fait l'objet d'une succession d'actes visant à le blesser, voire le mutiler. Les traces de saignements abondants et continus montrent que monsieur de Monéis était vivant durant tout le temps du supplice. Je constate deux blessures très importantes, l'une au niveau de l'atlas et de l'axis, l'autre provoqué par un objet contondant pointu (un crochet vraisemblablement) qui a défoncé les os pariétal et occipital. Je compte 53 blessures produites par divers instruments tranchants (du type couteau), pointus (clous) et contondants (des marteaux vraisemblablement).*

VIII

Paul arriva à Hautefaye vers huit heures du soir. A cette heure tardive il ne croisa personne. Les gens étaient revenus des champs, ils finissaient de souper ou entamaient la veillée.

Il frappa à la porte de la maison paternelle. Jean lui ouvrit et ne parut pas surpris de le voir.

- Tu as mangé ?
- Je n'ai pas pris le temps.
- Encore une habitude de ta ville, grogna Jean qui semblait d'humeur morose.
- Pas vraiment. Je suis désolé d'arriver comme cela, peut-être attendais-tu quelqu'un ?
- Attendre quelqu'un, reprit son frère avec un triste sourire, ici tu sais, je ne reçois pas beaucoup !
- Je suis désolé, je ne voulais pas …
- Ce n'est pas grave, … C'est pas toi, c'est rien …

Sans interroger davantage son frère, Paul accepta volontiers la soupe que venait de lui servir son frère. Ce plat de famille immuable était depuis toujours accompagné d'un énorme morceau de pain et d'une part de fromage de chèvre. Tout en buvant un verre de vin, il expliqua à son frère ce qui l'avait fait si vite revenir.

Ce dernier le regarda et lui expliqua les raisons de son air taciturne.

- Les gens parlent, tu sais ? Ils t'ont vu quand tu es allé chez le curé. Je ne sais pas comment cela s'est su, mais on en parle.

- Et ?..

- A ton avis, que disent-ils ? Ils pensent que tu risques de ranimer des souvenirs que tous veulent oublier. On dirait que tu ne les connais pas. Ici on préfère ne rien dire, c'est comme ça !

- Je comprends, mais mon intention n'est pas de faire un article de plus sur le drame. Je commence à percevoir une autre histoire. Ça n'efface pas la faute de ceux qui ont commis le crime mais ça

permet de comprendre que la faute n'est pas
partagée par tous les responsables.

- Que veux-tu dire, le procès a eu lieu, inutile de
rechercher d'autres coupables. On dirait que ça
t'amuse de remuer toute cette boue !

- Calme-toi, ça ne m'amuse pas, crois-le. Mais je
suis persuadé que cette affaire est plus complexe
qu'il n'y parait. J'en viens même à me demander
si ce meurtre n'aurait pas été provoqué !

- Arrête-toi ! Arrête de dire n'importe quoi ! Il faut
en finir avec cette histoire. C'est sûr que pour tes
amis de la ville c'est intéressant, ça fait vendre
votre feuille et ça vous permet de cracher sur
nous.

- Que dis-tu ? Qu'est ce qui t'arrive ?

- Ecoute Paul. Il y en a assez de tout ça. J'en ai
assez d'être le frère d'un type qui vote pour ceux
qui disent « majorité rurale, honte pour la
France ». Ce n'est pas Paris qui va décider pour
nous, reste avec les rouges et ne t'occupe pas de
nous !

- Attend ! Je n'ai jamais été d'accord avec les idées de Crémieux et mes amis non plus ! Je n'ai jamais voulu dénigrer Hautefaye, tu le sais bien. Tu es injuste de me parler ainsi ! Je ne te reconnais pas là !

- Peut-être que tu ne connais pas si bien ce pays petit frère. On se méfie ici des Gambetta et des Ferry ! On a vu ce qu'ils étaient près à nous demander. Tu n'avais pas vingt ans en soixante-neuf, moi si ! J'ai dû partir pour la guerre parce que ces messieurs de Paris ne voulaient pas reconnaître la défaite ! Ils nous ont envoyé leurs préfets et leurs gendarmes, on n'avait pas le choix. Il a fallu laisser les champs ! Et qui a labouré alors, pas toi qui était à Bordeaux mais père ! Et il en est mort ! Alors toi et tes républicains, arrêtez !

Paul se leva sur la dernière phrase. Il allait se précipiter sur son frère quand il s'arrêta brusquement. Les cloches des églises sonnaient à toute volée. On entendait les gens sortir de chez eux. Une rumeur montait. A cette heure, jamais le moindre bruit ne dérangeait les oiseaux nocturnes. Une frénésie s'emparait du village, des appels résonnaient d'une maison à l'autre. Paul entendait même des rires et des chants.

Les deux frères, oubliant leur colère, sortirent et virent tout le village devant eux. Les gens échangeaient des accolades, des bouteilles circulaient, les femmes riaient et les enfants couraient en tous sens.

Hébétés, Jean et Paul ne comprenaient pas ce qui se jouait devant eux. Cadoret s'approcha d'eux, il arborait une tronche réjouie. Le père de Justine était toujours le bonhomme un peu rond et affable que Paul avait connu. C'était un homme respecté dans le village malgré son mariage avec une nontronaise. Chacun reconnaissait toutefois que sa femme, décédée il y a trois ans, avait su parfaitement s'intégrer dans le village.

Fermier des Bretanges, il avait bien connu Alain de Moneïs quand ce dernier était enfant. Il le conseillait également pour l'élevage et était ainsi rentré dans le cercle d'amis de son propriétaire. Il faisait ainsi partie de ceux qui avaient tenté de le sauver le seize août.

Quelque chose en lui semblait s'être cassé ce jour. Peut-être que la confiance qu'il avait depuis toujours en ces voisins s'était évaporée, levée comme la brume du matin qui découvre un paysage froid et vide. Mais ce soir, il avait une bouteille de vin à la main et criait :

- Les prussiens sont partis. La France est libérée !

Les deux frères le regardaient sans comprendre

- Vous ne comprenez pas ? Ils ont eu leur or et ils sont partis ! La clique de Bismarck est rentrée en Teutonie ! Faut boire Jean, faut fêter ça ! Dit-il en tendant sa bouteille.

Jean s'en saisit et en bu une rasade, puis il la tendit sans mot dire à son cadet qui but à son tour.

Les villageois commençaient à danser, les auberges ouvraient leurs portes, les tables étaient sorties par les consommateurs, une fête impromptue se préparait.

Paul restait devant la porte de la maison, debout, les
bras croisés. Silencieux, il regardait les préparatifs.
Jean avait rejoint les autres et avait pris place dans les
rondes tandis que le soir tombait.

Un bruit de pas sortit le journaliste de sa rêverie. Il vit
Justine s'approcher et s'arrêter à deux mètres de lui.

- Bonjour Paul, toujours plongé dans une de tes
  chimères?

- Bonsoir Justine. Je suis heureux de te voir.

- Moi aussi, à quoi pensais-tu donc ?

- Je crains que si je ne t'en parle, tu ne te mettes toi
  aussi à m'en vouloir.

- Dis toujours, j'ai tant de raisons de t'en vouloir
  qu'une de plus ou de moins ... répondit la jeune
  fille en souriant.

Paul retrouvait celle qu'il avait aimée depuis
l'enfance. Justine restait Justine. On percevait
toujours cette intelligence piquante dans la moindre
de ses réparties. Sa douceur ne l'avait jamais
empêché d'exprimer ce qu'elle pensait. Grande et
belle, sa chevelure brune encadrait un visage toujours

souriant rehaussé par de hautes pommettes. La relative aisance de son père lui avait permis d'acquérir une éducation à l'école des filles de Beaussac. C'était sans doute ce goût commun pour les livres qui l'avait rapprochée de Paul. Même si tous deux jouaient avec les autres enfants, ils se retrouvaient souvent en cachette pour s'échanger des livres et lire ensemble. Avec la fin de l'enfance, ils se rencontraient pour d'autres motifs, moins littéraires. Puis Paul était parti. Il avait progressivement cessé d'écrire à Justine et quand il avait voulu reprendre cette correspondance épistolaire, il n'avait osé le faire. Et elle était maintenant près de lui, souriante. Un feu avait été dressé sur la place, devant l'église. Il découpait la silhouette de Justine, révélant des formes qui avaient bien souvent empêché Paul de dormir. Il goûtait ce moment, craignant de casser cette magie s'il lui révélait ses pensées. Mais il savait aussi que cette femme était l'être le plus capable de le comprendre et de le soutenir.

- C'est vrai, dit-il en souriant également, tu as bien des raisons de m'en vouloir alors laisse-moi t'offrir une chaise et un verre avant de t'en dire plus.
- Bien volontiers monsieur le journaliste, répondit-elle en prenant un air pincé que démentait la lueur dans ses prunelles.

Paul revint avec deux chaises qu'il posa devant la fenêtre de la maison de son frère, il rentra à nouveau pour ressortir avec deux verres et une bouteille.

- En fait, je suis revenu pour préparer un article. Mais il semble que ce sur quoi j'écris soit plus complexe que prévu.
- En tout cas, ça semble bien mystérieux pour ne pouvoir être révélé à une pauvre paysanne.
- Je ne t'ai jamais pris pour une pauvre campagnarde, répliqua Paul plus vivement qu'il ne l'aurait voulu. C'est simplement que j'ai peur de ta réaction … Je ne tiens pas à ce que tu t'en ailles toi aussi !

- Etant donné que celui qui part habituellement
  c'est toi et que je ne t'ai pas vu depuis longtemps,
  je crois que tu peux prendre le risque. Puis elle
  continua plus doucement, allez, n'aie pas peur,
  c'est moi.

Paul la regarda, il comprit qu'il était toujours
amoureux de cette femme. Après un long silence, il se
lança :

- Mon patron m'a demandé d'écrire un article sur la
  mort d'Alain de Moneïs…
- Encore un !
- Oui, encore un, mais celui-ci ne va pas parler de
  cannibales, ni de sauvages. Je suis ici pour essayer
  de comprendre ce qui s'est réellement passé,
  pourquoi c'est arrivé.
- Continue …
- Je viens de découvrir un nouveau fait. Enfin, peut-
  être n'y a-t 'il aucun rapport avec ce qui s'est
  passé le seize août. Mais si en revanche il y a un
  lien, alors la mort d'Alain aurait un sens !

- Un sens, mais quel sens ? Quel sens peut-il y
  avoir eu à tuer ce pauvre Alain qui n'aurait jamais
  fait de mal à une mouche ? Tu sais ce qu'ils ont
  fait ! Je les ai vus, ils étaient pires que des bêtes.
  Que cherches-tu à comprendre ?

- Regarde Justine. Regarde-les, fit Paul en montrant
  la fête qui se déroulait devant eux. Ils font la fête.
  Il y a du feu, il y a du vin. Mais il n'y a pas de
  violence, il n'y a pas de victime. Je ne peux pas
  croire qu'un meurtre arrive comme ça. Il me faut
  comprendre ce qui s'est passé. Je dois le
  comprendre pour l'écrire, pour effacer cette honte
  qui pèse sur ce village. Je dois le faire car je ne
  veux pas que l'on puisse dire de toi et de tous
  ceux que j'aime que vous êtes des sauvages !

La jeune femme le regarda avec des yeux brillants,
l'embrassa doucement et posa sa tête sur son épaule.

- Tu restes le même mon Paul. Toujours le petit
  garçon qui rêve qu'il est un preux chevalier. Il te
  faut toujours un Graal sinon la vie ne vaut pas la
  peine d'être vécue, hein ?

- Je ne sais pas si ce que je cherche est si important.
Je crois simplement que je ne peux pas vivre en
acceptant de savoir que le mal gagne… et je crois
que je continue de t'aimer.

Il l'embrassa sur le front et caressa son bras.

- Je ne t'ai jamais oubliée, sais-tu ? Répondit-il en
regardant devant lui.

Sur la place, les flammes montaient haut entourées
des rires et des bruits de l'auberge.

*… Chambord et Caroin furent les premiers à entrer.
Ils étaient une dizaine qui venait de l'auberge.
Certains devaient s'adosser aux murs pour ne pas
tomber. Les arrivants armés de bâtons séparèrent
Puech et Perthuit d'Alain. Chambord saisit le blessé
par le bras et le tira en dehors. L'étable était
attenante à la forge et à la maison du maire. Ce
dernier sortit sur le pas de sa porte en entendant le
vacarme pour se trouver face à la troupe et à sa
victime.*

Jetant De Moneïs devant lui, Chambord beugla :

- *Fais ton travail Jacques Sougnot, maire de ce village, nous t'amenons un espion prussien !*

- *Que veux-tu que j'en fasse, répondit le gros homme apeuré, je ne veux rien avoir à faire avec vos histoires !*

- *Il se moque de l'empereur et des soldats ! Faut le faire payer !*

- *Faites ce que vous voulez mais c'est pas mes affaires, répéta le maire en fermant sa porte.*

Un brouhaha se fit aussitôt. La réaction du maire laissait Chambord hébété. Lui qui se voyait en vengeur récompensé par l'Empire ne savait plus quoi faire de sa victime. Le groupe tournait autour du corps en échangeant des propos mais sans parvenir à se décider pour la suite. C'est alors que Caroin proposa :

- *On a qu'à le pendre ! C'est un espion et les espions on les pend.*

L'idée plut beaucoup. C'est qu'une pendaison, ça offre quand même plus de spectacle qu'une exécution par balle ou que la guillotine des parisiens !

Alain fut conduit à l'arbre le plus proche. On lui passa rapidement une corde autour du cou et on le hissa dans l'arbre. Mais ce dernier était un cerisier dont le bois fragile ne supportait pas la charge.

Subissant deux échecs, la meute se retourna vers Chambord qui déclara :

-   C'est un prussien, avant de le tuer, il faut le faire souffrir !

Joignant le geste à la parole, il s'avança vers De Moneïs et lui porta un terrible coup à la poitrine.

Puis il le traîna vers la forge en déclarant qu'il allait leur montrer comment on ferre cet animal là.

Il amena la victime aux poteaux qui maintenaient habituellement les animaux. Ces pieux solidement enfoncés dans le sol formaient un rectangle. Une surface assez vaste permettait habituellement au maréchal-ferrant de travailler autour de la bête.

Cette aire offrait un espace suffisant pour que tout le

groupe puisse profiter du supplice. Chambord entrava tout d'abord les mains d'Alain. Puis Mazière et le petit Jean Campot saisirent le noble chacun par un pied. Ignorant ses cris, ils tiraient l'un et l'autre tentant de l'écarteler mais ils se retrouvèrent bien vite chacun à terre, une botte à la main sous les rires de l'assistance. On s'amusait bien, on avait l'impression d'être à la foire devant un numéro comique réalisé par des bohémiens. Les deux hommes se relevèrent sous les vivats de la foule. L'alcool les faisait tituber quand ils se dirigèrent vers le matériel. Ils prirent alors des cordes et les attachèrent laborieusement à chacune des chevilles d'Alain qu'ils attachèrent aux poteaux.

Chambord voulut alors faire une démonstration de son art avec un fer de bœuf. Il tenta de clouer ce dernier sur le pied du malheureux. Mais Alain bougeait et l'alcool rendait le maréchal-ferrant maladroit. Après quelques essais, il laissa tomber clous et marteau en rotant. La foule qui l'entourait riait, Caroin le pris par l'épaule et l'invita à venir *boire un petit coup pour reprendre des forces. Devant son insuccès, il accepta la proposition et s'éloigna en direction de l'auberge sous les huées et les rires.*

Quelques gars plus timides en profitèrent pour frapper un moment le corps inanimé puis ils décidèrent de rejoindre le reste du groupe à l'auberge.

IX

Paul se réveilla avec l'aube. Ils étaient restés longtemps ainsi avec Justine, sans parler, seulement conscients l'un de l'autre, côte à côte à regarder ces gens qui se donnaient à nouveau le droit d'être heureux. Puis elle s'était levée, avait caressé son visage et l'avait quitté.

Il ne savait pas comment la revoir mais il était heureux. Il lui semblait que sa vie avait un sens maintenant. Il savait ce qu'il désirait, vivre avec elle. La réaction de Jean en revanche l'avait profondément blessé. Il en voulait à son frère de trahir l'idéal familial, mais aussi à ceux qui l'y avaient amené. Personne ne trouvait grâce à ses yeux.

Il était en colère contre les républicains de la capitale qui se méfiaient des campagnes et pensait que Paris devait dicter sa conduite au pays. Il haïssait plus encore les barons bonapartistes qui manipulaient ses amis et sa famille. Enfin, il détestait les légitimistes qui rêvaient de restaurer leur drapeau blanc et leur fleur de lys.

Cette colère l'habitait encore quand il entendit Jean se lever. Pour ne pas raviver la querelle, il préféra feindre de dormir. Il entendit son frère se préparer. Paul savait que ça ne durerait pas longtemps car ici, les hommes ne prenaient qu'un rapide en-cas et partaient rapidement voir les bêtes. Ils ne prenaient une collation que vers neuf heures, après les premiers travaux de la journée.

Quand il se retrouva seul, il se leva, fit une rapide toilette et déjeuna. En relisant ses notes, il ne pouvait s'empêcher de penser à Justine. La jeune femme occupait désormais ses pensées. Il hésitait à aller la retrouver quand il entendit dehors un bruit de pas étouffé. Il se dirigea vers la porte mais ne l'avait pas atteinte que cette dernière s'ouvrait brutalement, le heurtant à l'épaule en le déséquilibrant. Il voulut se relever mais il n'eut que le temps de voir un poing s'abattre sur son visage avant de perdre connaissance.

Quand il reprit conscience, un sac de jute recouvrait sa tête. Il respirait péniblement dans cette obscurité qui sentait la poussière de farine et l'humidité. Un goût de sang emplissait sa bouche. Il n'entendait que des bruits lointains, assourdis et des paroles inaudibles. Il était dans ce qui devait être une charrette sans savoir depuis combien de temps. Il sentait peu de cahots, le chemin emprunté semblait de bonne qualité, vraisemblablement une route ou une allée de propriété. Ses mains et ses pieds étant liés, il lui était difficile de garder son équilibre. Il tenta de se caler contre la paroi mais les mouvements du véhicule le faisaient glisser et il devait régulièrement réajuster sa position. Au bout d'un long moment, il entendit qu'on ouvrait des grilles. La voiture repartit et s'arrêta à nouveau après quelques instants.

Il sentit qu'on lui enlevait le lien qui entravait ces chevilles. On le fit descendre peu après. Il sentit une main forte empoigner son bras.

On le dirigea vers l'intérieur d'une maison, la tête toujours couverte d'un sac. Il monta des escaliers, sentit l'atmosphère douce d'une maison bien chauffée. Il devina qu'on lui faisait traverser plusieurs pièces puis on le fit stopper et il entendit qu'on ouvrait une porte. A nouveau cette pression pour le faire avancer. Il entendit une voix sourde qui l'avertissait de prendre garde, qu'il y avait un escalier. Il descendit une dizaine de marches. A la fraicheur et à l'odeur qui passait à travers la toile, il comprit qu'il devait être arrivé dans une cave. On le fit s'asseoir sur ce qui devait être une chaise. Ses mains étaient toujours liées dans le dos. Il entendit ses ravisseurs partir et fermer une porte. Les bruits étaient étouffés par le sac qui lui enserrait la tête. Il ressentait l'épaisseur des murs qui l'entouraient à travers les bruits étouffés qui lui parvenaient.

Il tenta de libérer ses mains mais sans succès. Quand il voulut se lever, une résistance lui fit comprendre que les liens qui l'entravaient devaient être également reliés au sol. Il était donc prisonnier et n'avait d'autre choix que d'attendre ses geôliers.

Après un long moment, il entendit que l'on ouvrait une porte et des pas approchèrent dans sa direction. Des hommes conversaient mais il n'arrivait pas à saisir la conversation, les mots étaient assourdis par la toile qui lui enserrait la tête.

Il sentit des mains enlever cette cagoule qui lui cachait ses ravisseurs et son lieu de détention. Il cilla quand ses yeux retrouvèrent la lumière. La pièce était obscure, éclairée par quelques soupiraux et un chandelier. Il semblait être dans la vaste cuisine d'une grande maison bourgeoise. La grande table qui se trouvait devant lui devait servir aux domestiques pour leurs repas et pour préparer les plats. Il entrevoyait à la lueur dansante des bougies divers récipients et des couteaux, hachoirs et autres instruments culinaires. Trois hommes se tenaient dans la pièce, deux se tenaient de part et d'autre de lui, le troisième avait pris place à l'autre bout de la table, face à lui.

Celui qui venait de le libérer était à sa droite. Il n'avait pas vingt ans. Maigre, il avait l'air fourbe et effrayé de certain de ces gamins des villes que le journaliste avait découvert en arrivant à Bordeaux. A gauche de Paul se dressait une sorte de dandy. Habillé avec soin, il ne semblait ni écouter, ni voir ce qui se passait autour de lui. Apparemment concentré sur ses ongles, il paraissait étranger à la scène. Mais c'est le troisième homme qui retenait le plus l'attention de Paul. Agé d'une soixantaine d'année, il portait beau. Ses habits traduisaient une aisance certaine qui apparaissait également dans sa façon de bouger. C'était un habitué de salon, mais on percevait une cruauté latente sous un air aimable d'homme du monde. Ses lèvres pincées et une certaine fixité du regard semblaient trahir un manque d'empathie évident, ce qui n'était pas pour rassurer le jeune homme.

Le mondain examinait Paul. Puis, apparemment satisfait de son inspection, il se mit à parler :

- Bonjour mon jeune ami. Je me nomme Eschassériaux, baron Eschassériaux. Peut-être as-tu entendu parler de moi ? Ah ! Je vois que oui. Tu te demandes sans doute ce que tu fais ici en notre compagnie ?

- C'est une question qui m'a traversé l'esprit, je ne vous le cache pas.

- Et bien, nous sommes ici pour discuter. Tu as beaucoup à apprendre … et je dois voir si tu en es ou non capable.

Ces derniers mots étaient soulignés par un regard froid qui laissait deviner un possible danger.

- Vois-tu, reprit le baron, ton retour au pays ne passe pas inaperçu. Tu fouines à droite, à gauche. Tu interroges les gens du pays sur une affaire que tous aimeraient oublier. En clair, tu gênes.

- Je suis désolé si cela vous contrarie, mais je ne vois pas en quoi mon intérêt pour le meurtre d'Alain de Moneïs peut vous gêner, vous !

Eschasseriaux lança un rapide coup d'œil qui fit à Paul l'effet d'une gifle.

- J'ai l'impression que tu ne veux pas comprendre. Il va donc falloir que je sois très clair, mais écoute attentivement, je n'aime pas me répéter.

Je connais tes convictions politiques mon petit. Je sais également pour qui tu travailles. Je te tolère ici mais il faut que tu comprennes une chose. Tu n'es pas à Bordeaux ici. Tu es chez moi. Les républicains n'ont rien à faire ici.

- Vous parlez comme si vous étiez dans votre fief ! Ce temps est fini, révolu ! Ne croyez pas que je ne sais pas qui vous êtes. Je vous connais et je connais votre envie de contrôler cette région. Mais l'empire est tombé, nous sommes maintenant en république …

- Tais-toi gamin ! Garde tes discours pour ta feuille de chou ! Nous sommes ici chez moi et c'est ainsi. Paris expérimente pour l'instant un régime et rien n'y est finalement ce qu'il parait être. Tu parles de république quand les monarchistes sont au pouvoir ! Tu ne perçois pas un léger problème ?

-   Mais que voulez-vous ? Vous ne m'avez pas amené ici pour une causerie au coin du feu sur les mérites comparés des légitimistes, des bonapartistes et des républicains, je suppose ? Pourquoi m'avoir enlevé ?

-   Simplement pour savoir comment nous allons écrire la suite de l'histoire … Voire si nous allons l'écrire.

Un froid soudain envahit Paul. Plus encore que ces derniers mots, c'était l'expression du baron qui l'avait déstabilisé. L'air cruel que Paul avait cru distinguer dans l'expression d'Eschasseriaux faisait place à de la lassitude. Il lui semblait que son ravisseur n'était pas plus que lui satisfait de cette situation. Le journaliste comprit qu'ils étaient deux à chercher une solution mais que le contexte ne s'y prêtait pas forcément. Le vieil homme reprit :

-   Je te sens plus attentif. Laisse-moi t'expliquer ce qu'il en est. Je ne vais pas tenter de te convaincre d'abandonner tes idées : tu les crois généreuses et tu penses que je ne suis que guidé par mon intérêt. Nous allons aller sur un autre terrain, moins moral. Il va te falloir dorénavant apprendre à réfléchir, à abandonner tes raisonnements manichéens. Les choix que nous faisons ne sont que rarement faciles. A partir d'un certain niveau de responsabilité, tout est gris et tu navigues plus ou moins à vue vers des décisions plus claires ou plus obscures, mais jamais vers le noir ou le blanc. Ce que je veux que tu comprennes, c'est que même des politiques qui s'opposent dans le débat peuvent trouver certains terrains d'entente. Tu parles de la république comme d'un Graal. Je vois que comme tous ceux de ton âge, tu oublies la grande Terreur. Tu n'as pas connu les troupes levées pour assassiner ceux qui dans les campagnes restaient fidèles au roi ou à l'empereur !

- Limiter la république à la Terreur est quelque peu restrictif !

- Tu as peut-être raison, mais c'est un fait historique qui a été et qu'on ne peut nier. Ce régime porte en lui sa fin. A chaque fois, il finit par appeler un chef, un homme fort pour conduire le pays. En réalité, les gens ne veulent pas se gouverner jeune homme, c'est une leçon de l'histoire. Ils veulent un guide. Ensuite, savoir si ce guide est donné par Dieu, par le peuple ou s'il se désigne lui-même, là est la différence !

- Si on vous écoutait, on en reviendrait au servage. Paul ajouta avec une pointe d'ironie, ce doux temps où le troupeau était conduit par son seigneur et maitre bienveillant ! Pensez-vous vraiment que le monde fonctionne ainsi ?

- Et que crois-tu qu'il en soit ? Ouvre les yeux, regarde autour de toi ! Certains sont nés pour être des maitres, d'autres non. C'est ainsi. Dans les campagnes et dans les villes chacun à une place et quand on refuse de voir cette vérité, on crée le chaos.

- C'est ainsi que vous me voyez ? Comme quelqu'un qui veut détruire ? Mais ce sont des hommes comme vous qui détruisez …

- Les hommes comme moi ne détruisent pas gamin, ils créent ! N'es-tu pas capable de voir au-delà des idées que l'on t'a inculquées ? Qui a créé ces trains, ces canaux, ces lois, ces fabriques, ces villes qui te semblent si naturels ? Quand je suis né, il n'y avait rien de tout ceci. En quelques dizaines d'années, nous avons créé tout cela et maintenant, grâce à nous encore, la France va se doter de colonies et renforcer sa puissance !

- Mais de qui donc parlez-vous ? Ce ne sont pas les bonapartistes qui font tout ça ?

Le baron se mit à rire doucement.

- Tu en es encore là ? Ne comprends-tu pas que nous transcendons la politique ! Bonapartiste, légitimiste, orléaniste, ce ne sont que des mots !

L'important n'est pas le nom du chef, ce qui importe est la conviction que nous partageons. Le peuple n'est pas capable de se gouverner. Le peuple, c'est une idée abstraite qui n'existe pas, c'est un mirage inventé par Rousseau et Seyes ! Je suis bonapartiste, c'est vrai. Mais ne crois pas que je considère de Fraillard et les siens comme des ennemis. Nous n'avons simplement pas les mêmes idées quant au choix du guide pour notre pays, la différence s'arrête là !

\-   C'est pour cela que vous avez peur des républicains ! Nous croyons dans la nation nous ! Si je vous écoutais, je ne devrais rester qu'un de vos esclaves !

\-   Mais que crois-tu ? Que les républicains sont les gentils et nous les méchants ? Dépasse cette vision ridicule. Crois-tu que Ferry ne pense pas aux colonies lui aussi ? As-tu vu où il vit ? Il va te falloir apprendre à faire des concessions avec tes idéaux. Ceux qui prônent la république sont bien souvent comme nous, avec une différence : ils cachent leur cynisme derrière de belles déclarations d'intention ! Par ailleurs, penses-tu que je perdrais mon temps ici si je ne voyais en toi qu'un esclave ? Ecoute moi et profite de mes conseils. Nous avons besoin d'hommes intelligents. Moi, je ne méprise personne a priori, c'est pourquoi j'ai voulu te rencontrer et t'expliquer mon point de vue. Il s'arrêta et dit d'un ton plus sec : Je dois te dire que certains avaient des idées plus arrêtées en ce qui te concerne.

Paul ne répondit pas. Certains aspects du discours d'Eschasseriaux trouvaient écho en lui mais il ne pouvait en admettre la morgue envers ceux qui n'étaient pas bien né.

-   Je vois que tu réfléchis, c'est bien. Mes amis et moi pouvons tolérer certaines choses mais pas la remise en cause par un gratte papier d'un équilibre qui prévaut depuis la fin de l'empire. Tu viens de voir que nous possédons certains moyens qui nous permettent de maintenir une police personnelle. Je dois d'ailleurs te présenter mes excuses. Si j'avais dit à mes hommes de t'amener que tu le veuilles ou non, ils ont été finalement un peu trop expéditifs. En disant ces mots, il jeta un regard sombre sur chacun des deux hommes qui se tenaient aux côtés du jeune homme.

- Trop aimable.

- Je suis sérieux, ils devaient t'amener ici, pas te blesser. Mais il est vrai qu'il y a parfois des dommages que l'on voudrait éviter et qui sont inévitables. C'est l'ennui de travailler avec des primaires, ajouta-t'il en regardant dédaigneusement ses acolytes. Il se leva lentement et sans quitter Paul des yeux, il ajouta : Je vais te laisser repartir, réfléchis à notre petite conversation sur le chemin du retour et prie pour ne jamais plus me rencontrer si tu ne suis pas mes conseils.

A nouveau, Perthuit et Puech s'approchèrent du jeune noble quand la bande s'éloigna. Il respirait encore faiblement, la vie ne semblait pas vouloir le quitter. Les deux hommes ne savaient que faire. Il semblait impossible de bouger le malheureux, le corps n'avait quasiment plus forme humaine. Puis un œil s'entrouvrit et fixa Puech. Ce dernier fut bouleversé par la souffrance qu'il devinait dans le regard. Il essuya le visage ensanglanté avec sa chemise et enjoint Perthuit de lui prêter main forte. Les deux hommes soutenaient Alain chacun d'un côté sous les épaules, leurs habits devinrent rapidement pourpres. Ils sortirent par une petite porte et se dirigèrent vers le foirail, désormais abandonné. Ils espéraient pouvoir échapper là-bas à la meute, se reposer avant de poursuivre vers Bretanges. Ils allaient entrer dans le petit bois qui délimitait au nord le pré utilisé pour la foire quand ils entendirent des cris derrière eux.

La cohorte s'était à nouveau reformée et devinait les intentions des deux hommes. Ils furent rapidement rattrapés et chassés.

C'était maintenant une foule composite où les anciens bourreaux avaient été rejoints par toutes celles et ceux qui sortaient des tavernes ou de leurs maisons. Le soleil était moins haut en cette fin de journée, la chaleur devenait plus supportable et l'envie de faire la fête gagnait les esprits. Les hommes se détournaient finalement de la curée. Laissant Chambord et Mazière frapper nonchalamment le blessé, le gros des troupes commença à dresser les tables des batteuses. Du bois fut apporté, des feux allumés et tandis que les femmes commençaient à faire cuire la viande des cochons tués pour l'hiver, les enfants apportaient les boissons. Une ambiance bonne enfant régnait, c'est à peine si l'on remarquait le corps d'Alain de Moneïs, étendu sur le foin jauni. Même Chambord et Mazière avaient lâché leur proie. Ils buvaient, assis sur un banc en grognant sur les prussiens en compagnie d'autres paysans charentais.

C'est un râle qui les dérangea. Ils se retournèrent et virent le corps qui émettait ce bruit. Ils le croyaient mort et voilà qu'il les dérangeait encore dans leur discussion ! Un métayer s'exclama : « cochon de prussien, tu le crois mort et il arrive encore à te couper la parole ! », les autres se mirent à rire. Le grognement repris, Chambord se leva, rouge et suant, il se mit à crier : « tu n'as pas tort ! Le prussien, c'est un cochon et un cochon, on le grille ! Allez messieurs, au travail ! Au feu le cochon, au feu le prussien ! » Les autres rirent et le rejoignirent, ils prirent les vêtements qui couvraient encore le malheureux noble, trainèrent le corps vers un des foyers et le jetèrent dans le bucher.

X

Les deux hommes de main prirent Paul par les épaules, détachèrent ses liens, le firent pivoter et le conduisirent sans mot dire vers un escalier.

Ils l'empruntèrent et arrivèrent sur un petit palier barré par une porte. Le plus jeune l'ouvrit et le dandy poussa le journaliste dans le dos, ce qui manqua de le faire tomber. Il entendit la porte se refermer et se trouva dans la pénombre. Il se rendit alors compte que le voyage avait dû être long et qu'il était resté inconscient un long moment car la nuit l'entourait.

Pas un bruit ne trahissait une présence dans la maison, seules des fenêtres éclairées au premier étage permettaient de deviner où se trouvaient les résidents. Il regarda autour de lui. Un parc boisé entourait la demeure imposante où il avait été conduit. Il vit qu'une allée gravillonnée s'y enfonçait, il décida de la suivre. Rapidement, il atteint un petit mur d'enceinte. Une porte était entrouverte pour lui permettre de rejoindre la route. En sortant, il vit que la chaussée

longeait le portail pour se perdre dans la campagne. Il
la suivit. Après deux heures de marche, elle le conduit
à Segonzac, où il s'assit pour se reposer sous le
porche de l'église. Les habitants dormaient encore. Le
silence renforça cette impression de vide qui
l'accompagnait depuis qu'il avait été libéré. C'est le
bruit d'une fontaine qui le fit sortir de la torpeur qui
l'envahissait. Il se leva pour boire un peu d'eau
fraiche et se rafraichir la figure ce qui l'aida à se
débarrasser de la fatigue qui l'engourdissait peu à
peu. Après un regard sur un poteau indicateur, il prit
la direction d'Angoulème, Hautefaye était au bout de
la route.

Il arriva en fin d'après-midi et traversa le village qui
n'était pas beaucoup plus animé que lorsqu'il était
parti vers Nontron.

Il eut une impression étrange, Hautefaye semblait
vidé de ses habitants. Ces derniers ne semblaient se
montrer que pour aller travailler. Aucun vieux, pas un
enfant n'étaient visibles. Voir son village comme
mort lui faisait davantage comprendre la rage

qu'éprouvait son frère. Ici, la vie ne reprendrait pas tout de suite ses droits.

Il passa près de l'église et ouvrit la porte de la maison familiale. Il se trouva face à son frère qui ne put retenir une exclamation de surprise.

- Mais d'où sors-tu petit frère ?

Cette appellation sortie de l'enfance fit naitre un sourire sur le visage de Paul.

- C'est une longue histoire qui risque de te retarder dans tes travaux des champs, bel agriculteur.

- Arrête tes plaisanteries, Tu es couvert de poussière, tu as le visage en sang et tu avais disparu. Alors maintenant, tu te poses et tu parles !

Jean le fit s'asseoir, posa devant lui du pain, un verre d'eau et du fromage. Il s'installa en face de lui et attendit que Paul s'explique.

Le journaliste raconta alors ce qui s'était passé. Son frère ne l'interrompait pas. Silencieux, il écoutait sans laisser transparaitre la moindre émotion.

Quand Paul eut fini, un silence s'installa. Son frère semblait réfléchir, les yeux dans le vague. Puis il prit la parole :

- Tout d'abord, tu vas me promettre de garder pour toi ce que je vais te dire. Ce n'est pas au gratte papier que je parle, c'est à mon frère. Paul acquiesça et Jean reprit. Beaucoup de chose ont été dites après la mort d'Alain. Parmi les rumeurs qui courraient, certaines ont visé les royalistes. Personnes ne les accusaient du meurtre bien sûr, mais beaucoup ici ont pensé que ce décès faisait l'affaire de bien du monde, du grand monde pour être plus précis.

- Que veut tu dire ?

- Alain mort, à qui va son héritage ? A André, le cousin, le petit nobliau à grande gueule qui aimerait que l'Ordre moral règne sur ce qu'il considère être ses terres ! Il aimerait courir la compagne et voir ses serfs s'incliner devant lui. On ne l'aime pas ici ce dégénéré qui nous regarde du haut de ses bottes à talon. Et puis, on n'en parlait pas mais il y en a d'autres qui ont bien profité de l'affaire comme tu dis. Ce sont tes amis, les républicains.

-   Que veux-tu dire ?

-   Je t'ai expliqué comment tous ces beaux messieurs sont venus nous faire honte dans notre village. La majeure partie des gens qui ont assisté et participé à l'assassinat d'Alain de Monëis n'étaient là que pour la foire mais les journaux ont dit qu'ils étaient d'Hautefaye. Quand le procès s'est déroulé, c'était toujours nous, ceux d'Hautefaye, qui étions accusés par ceux qui font appliquer les lois de ta république ! Quand ils sont venus pour exécuter les condamnés, ils ont promené trois jours leurs bois de justice.

Devant l'air interloqué de Paul, il précisa.

-   Oui, « bois de justice », c'est comme ça que les journaux ont appelé la guillotine ! Trois jours ! On voulait nous faire peur, on voulait nous faire honte. Pas question d'oublier notre faute, on nous l'a bien rappelé, va ! J'ai même vu des vieilles s'agenouiller au passage du chariot, comme devant les statues des saints lors des pèlerinages. Belle religion !

L'agitation de Jean trahissait sa colère.

- Qu'est-ce que tu y comprends ? Tu n'étais pas ici quand c'est arrivé, tu n'étais pas là quand les gendarmes et le préfet sont venus. Je ne t'en veux pas petit frère, mais tu ne peux pas imaginer ce que l'on a subi. Ce n'étaient pas seulement les monarchistes qui nous ont fait du mal, les républicains aussi ! L'occasion était trop belle. En une bouchée, ils pouvaient manger du bonapartiste et du noble ! Ils ont écrit qu'on était la dernière armée du corse ! Si on les écoutait, tout le monde ici était pour l'empereur, et là je parle du premier, pas du petit !

- Avoue que ce n'est pas loin d'être vrai. Tu m'as toi-même raconté que la plupart des habitants étaient inquiets par les nouvelles du front ...

- Bien sûr, mais ce n'était pas pour l'empereur qu'ils tremblaient. Ils avaient peur pour leurs enfants !

Paul, encore une fois, constatait à quel point le sujet restait sensible.

- Je reconnais que des journaux se sont peut-être avancés un peu trop rapidement …

Son frère habituellement si taciturne s'emportait à nouveau.

- Ils ont voulu vendre leurs feuilles et n'ont pas pris le temps de venir nous parler. Nous n'avons vu personne. Tout était écrit de Nontron, d'Angoulême, de Bordeaux et même de Paris. On était sans doute trop crottés pour parler à ces beaux messieurs !

Tu sais Paul, je ne minimise pas ce qui s'est passé ici mais ce n'était qu'une occasion de faire de la politique. On nous a oubliés, on a même oublié Alain.

Un attroupement se forma, les feux de la Saint Jean n'étaient pas si loin et les jeux traditionnels se reformèrent devant le corps qui noircissait. Un des hommes crut entendre un bref cri, il se retourna et vit les bûches tomber. Malgré la chaleur, il ressentit un bref frisson, il lui avait semblé voir bouger le cadavre. Du bois fut rajouté, les villageois buvaient. Les hommes avaient installé les tables et les bancs des batteuses

Un violoniste qui d'habitude animait l'auberge avait sorti son instrument et commençait à en jouer. Les femmes avaient rejoint les hommes, leurs rires couvraient les bruits des assiettes et des couverts qu'elles disposaient. La fête qui se dessinait allait permettre de rapprocher les corps. Déjà les garçons les plus audacieux pinçaient des filles et commençaient à les emmener danser. Les autres les regardaient cherchant dans l'attente et le vin à dépasser leur frustration et leur timidité.

La nuit tombait et le banquet improvisé battait son plein. La fête était maintenant bien engagée, les jeunes dansaient, les vieux les regardaient attendris, se rappelant l'époque où eux aussi s'amusaient à découvrir l'autre sexe en utilisant ses occasions où l'on pouvait en tout honneur se frôler, se toucher voire se caresser.

Les enfants étaient eux aussi à la fête. Leurs parents étaient trop occupés à rire, chanter et se goinfrer pour leur dire de se coucher. Ils courraient parmi ce joyeux bazar et attrapaient à la volée la viande cuite que les femmes sortaient du feu en la jetant dans les plats.

Les plus jeunes n'étaient pas oubliés. Le petit Thomas était heureux. On lui avait donné un os de cochon qu'il rognait, la graisse de l'animal coulait sur ses lèvres et il sentait la viande remplir son ventre...

Jean reprit :

- Tu cherches un sens à tout cela. Comme s'il y en avait toujours un. Mais Paul, parfois il n'y a rien à comprendre, il n'y a qu'à subir et se taire !

- C'est nouveau cette vision de la vie ? Que
t'arrive-t-il, je ne te comprends pas …
- Peut-être parce que tu as eu trop de chance
jusqu'ici, répondit son frère en lui coupant la
parole. Viens maintenant, partons !
- Pour aller où ?
- Tu verras, je veux que tu rencontres quelqu'un.
En parlant, il avait enfilé sa veste de laine et s'était
levé.
Intrigué, Paul le suivit. En sortant de la maison, ils
constatèrent que le village était toujours silencieux, la
fête n'avait été qu'une brève parenthèse où les gens
s'étaient autorisés à vivre à nouveau. C'était fini
maintenant, ils continuaient d'expier.

Jean se dirigea vers la cure. Il frappa à la porte et sans
attendre de réponse, il entra.
De Saint-Pasteur semblait les attendre. Il ne fit
aucune remarque quand il vit la figure abimée de
Paul, seul un léger tressautement marqua sa surprise.
Jean tira une chaise pour son frère et s'assit.

Le curé fit le tour de la table, ajouta une buche dans la cheminée et prit place de l'autre côté de la table.

\-   Raconte à mon frère ce que tu m'as dit curé ! lâcha Jean sans desserrer les dents.

De Saint-Pasteur commença à parler à voix basse, comme s'il craignait d'être entendu.

\-   Ce n'est pas simple de traduire en quelques phrases ce que je vais vous expliquer Paul. Voyez-vous, ce que je vais vous dire ce n'est que ce que je crois avoir compris, je n'ai ni preuve, ni témoignage. Je ne trahis aucun secret de confession. Ce n'est qu'un ressenti …

\-   Viens-en aux faits !

Le curé jeta un regard à Jean puis il reprit.

\-   Je vais essayer de vous expliquer ce que j'ai cru comprendre quand toute cette horreur a pris fin mais avant cela, il faut que vous compreniez que ma charge m'amène à observer les gens du village plus que tout autre ici.

\-   Je croyais que vous étiez plutôt en contact constant avec Dieu, répondit le journaliste.

-   En fait, c'est plutôt les moines qui vivent une
    relation directe de cet ordre, dit en souriant le
    religieux. Moi, c'est à travers les hommes que je
    reconnais Dieu. On vient me confier ce qui se
    passe, on me raconte ce que l'on pense du voisin,
    ce qu'a dit le maréchal-ferrant ou ce que chante le
    petit dernier quand il part au champ. Ce n'est pas
    au confessionnal que l'on se confie le plus, c'est
    devant le pas d'une porte ou quand on m'aide à
    préparer l'office.
    Tout cela pour vous dire qu'à travers ce que l'on
    m'a dit, il me semble que beaucoup de choses
    inavouées entourent la mort d'Alain.

-   De quel ordre ?

-   Il semble que certains des bourreaux auraient été
    aiguillonnés comme des bœufs !

-   Aiguillonnés ?

-   Oui, on les aurait poussés à revenir vers Alain
    pour se venger de faits plus ou moins imaginaires.

-   Qui vous a dit ça ?

-   Des vieilles, les seules sans doute qui n'avaient
    pas bu ce jour maudit. Une d'elles m'a dit avoir
    entendu un fermier d'André demander à Mazière
    s'il savait ce qu'Alain avait laissé entendre sur sa
    fille ? Alain, ce pauvre égaré qui n'aurait jamais
    ne serait-ce que regardé la fille Mazière…

-   Vous voulez dire …

-   Je ne veux pas dire, je suis certain que l'on a prêté
    des propos à Alain qui n'étaient pas là pour
    arranger sa situation. Et ce n'est pas tout, une
    autre paroissienne m'a laissé entendre qu'après
    les premiers coups, en entendant l'histoire à
    l'auberge, des étrangers avaient offerts une
    tournée générale en l'honneur de l'abolition des
    privilèges et des cous rasés des aristocrates !

-   Mais pourquoi ne parlez-vous de ceci que
    maintenant ? Pourquoi ne pas avoir alerté le
    juge ?

Le curé détourna les yeux.

- Parce que comme Pierre, j'ai manqué de courage au moment même où mon ami avait le plus besoin de moi.

Paul se tourna lentement vers son frère.

- Et toi ?

Le grand paysan semblait avalé par l'ombre. Son visage n'était pas visible mais sa voix trahissait son émotion.

- Moi aussi j'ai eu peur. Je ne suis pas allé aider Alain, j'ai regardé la meute de loin, sans parler, sans agir. Quand ils l'ont laissé à terre au tout début, il s'est tourné vers moi. J'étais à une centaine de mètres. J'aurais pu l'aider à se relever mais on aurait pu me voir de l'auberge. Je n'ai pas bougé. Je me disais qu'il allait se relever.

Paul percevait les sanglots rentrés dans le discours de son frère

- C'est ainsi que ça se passe d'habitude : on tape, le gars se relève, quelqu'une lui donne à boire et il va soigner ses blessures sans faire de tapage !

- Sans faire de tapage ? Mais Alain n'a pas fait de
tapage, il n'est responsable de ce qui lui est arrivé,
tu le sais bien !

- Ce n'est pas ce que je voulais dire …

- Que voulais tu dire alors ?

- Qu'il aurait mieux fait de ne pas bouger ! Voilà ce
qu'il aurait dû faire, dit Jean rapidement. Quand
on te frappe, tu fais profil bas, surtout si tu as des
choses à te reprocher. C'est triste ce qui lui est
arrivé, mais c'était inévitable. On ne peut pas
toujours faire différemment de tout le monde, ou
alors on le paie.

- Je ne te comprends pas.

- Moi, je crois que je comprends ce que votre frère
veut dire, interrompit le curé. Je pense que vous
voulez parler des inclinaisons coupables d'Alain,
c'est ça ?

- C'est ça, répondit Pierre à voix basse.

- Alain était différent des hommes du village, pas
simplement par la naissance. Je peux vous en
parler car il m'en avait parlé ici et non au

confessionnal. Voyez-vous, tout au long de son enfance, Alain s'est senti différent. Très vite il a constaté que quand les garçons s'amusaient à se battre, ce n'était pas donner des coups qui l'intéressait, c'est voir les autres bouger. A l'adolescence, il ne voulait pas se baigner avec les autres. Tout le monde croyait qu'il avait honte de son physique. Or c'est bien son corps qui l'inquiétait ou plutôt la réaction de son corps quand il verrait ceux des autres garçons. Il avait peu à peu compris qu'il était davantage attiré par les hommes que par les femmes. Or il savait que c'était un péché et ça le torturait.

Un silence suivit ses paroles.

- Mais ce n'était pas sa faute, on ne tue pas un homme parce qu'il est homosexuel !

- C'est votre avis Paul, il n'est pas partagé dans nos campagnes. Beaucoup pensent que le mal est dans la nature humaine et que si Dieu nous a laissé le libre arbitre alors cela suppose que l'homme peut ou non choisir le mal. Pour ceux qui pensent ainsi,

Alain avait choisi le mal et il était normal de le punir.

- La raison de sa mort serait si simple et si triste ?

- Ce n'est peut-être pas la raison, tout est si complexe. Mais c'est une part de l'explication de la non-intervention des gens du village. Nous voyons Alain comme un garçon doux, intelligent et pas trop bien fait. D'autres le voyaient comme une menace, un possible sodomite qui sous un air doux attendait des victimes pour les pervertir. Si vous saviez combien de mères ont confessé qu'elles avaient été heureuses de la mort de cette menace pour la sexualité de leurs petits garçons. Pour mes paroissiens… ou si vous préférerez pour nos concitoyens, l'homosexualité et la pédérastie sont bien souvent les deux faces d'une même médaille.

- Et vous mon père, qu'en pensez-vous ?

- Moi ? Je n'ai pas d'enfant à défendre, répondit avec un bref sourire le curé. Je vous l'ai dit, les choses sont toujours complexes. Nous aimerions que les problèmes soient simples et les solutions

limpides, mais la vie n'est pas ainsi faite. Je ne

suis pas relativiste sinon je ne serais pas prêtre,

mais j'ai choisi une lecture de la bible qui

m'amène à attacher plus d'importance en la

parole de Jésus qui me demande d'aimer mon

prochain qu'en celle d'écritures qui me

demandent de le condamner.

Le prêtre s'arrêta un instant de parler. Il ne semblait plus voir les murs qui l'entouraient. Après un long moment de silence, il reprit :

-   Vous ne le saviez peut-être pas, Alain était un

    cousin éloigné. Quand j'ai été nommé sur cette

    paroisse, il m'a aidé à m'installer, m'a parlé du

    village et de ces habitants. Son air rêveur cachait

    une grande capacité d'empathie. Il comprenait et

    appréciait les gens d'ici. Il voulait les aider à

    mieux vivre de leur travail. Peut-être pour être

    accepté, peut-être par simple charité chrétienne.

Ces derniers mots avaient été prononcés dans un

murmure. Puis, son ton se fit plus dur.

-   Et je ne comprends donc toujours pas pourquoi il a été l'objet d'une telle haine, d'une telle méchanceté !

Aucun des deux frères ne répondit comme si le silence pouvait seul apporter la confirmation de l'inutilité de la mort d'Alain de Monéis.

XI

Les deux frères avaient quitté le presbytère en laissant le curé à ses pensées. Ils étaient revenus sans parler chez eux et s'étaient couchés. Paul n'arrivait pas à s'endormir. Jean n'avait pas tort. La presse avait été partiale dès le début de l'affaire. Devant l'horreur du crime, la passion l'avait emporté sur la raison. Personne ne voulait comprendre. On voulait venger, humilier, punir... Punir ceux qui avaient été capables d'une telle horreur, briser ces campagnes qui continuaient de soutenir l'empire quand les villes l'avaient abandonné. Faire payer et non faire justice. Pour Paul, peu à peu la brume se dissipait en révélant le tableau et ses protagonistes.

D'un côté Alain et le village de Hautefaye. De l'autre un amas hétéroclite de personnages aux attentes, idées et intérêts divergents qui semblait avoir instrumentalisé cette communauté et la mort d'Alain. La vérité, si elle existait, ne pouvait désormais que venir de ceux qui avait répondu à l'attente de tant de monde. Mais qui rencontrer ? Tous les coupables avaient été jugés et condamnés. Ils avaient été exécutés par les fameux bois de justice, cette guillotine qui avait été promenée dans tout le pays pour édifier les foules.

Il ne vit qu'Elie pour l'aider à débrouiller cet écheveau. Si quelqu'un pouvait encore apporter quelques éclaircissements à cette histoire, il se trouverait dans les vastes réseaux qu'avaient patiemment créé son ami dans la région.

Arrivé à cette conclusion, il parvint finalement à s'endormir dans cette demeure si silencieuse en comparaison de son petit meublé de Bordeaux.

A son réveil, le soleil était déjà haut. Il écrivit rapidement un mot où il expliquait les raisons de son départ à son frère et où il le remerciait pour son aide. En le relisant, il ne put s'empêcher de s'en vouloir devant le ton impersonnel de cet écrit. Il n'arrivait jamais à se livrer quand il écrivait à son frère. Un trait de famille qu'ils tenaient tous deux de leur père.

Il ferma la porte et remonta la rue. Les hommes étaient quasiment tous aux champs, les femmes aux lavoirs. Une fois encore, le village silencieux semblait figé. Il s'interrogeait sur le temps qu'il faudrait pour qu'Hautefaye retrouve l'animation amenée par une auberge, pour que les cris des enfants s'échappent des haies ou de l'école ou pour que reviennent les conversations des femmes d'une maison à l'autre ? Peut-être que tout cela était désormais révolu, que les temps nouveaux annoncés par des Mazerat, Eschasseriaux et consorts allaient balayer cette harmonie ancienne et créer de nouvelles façons de vivre ?

Ces réflexions accompagnèrent la première partie de son voyage. Puis, en avançant seul dans la campagne silencieuse, il oublia peu à peu ses préoccupations. Il eut bientôt ce sentiment étrange d'être englobé dans le paysage qu'il traversait et à nouveau, il constatait que s'oublier lui-même lui apportait une paix intérieure qui supplantait le mal-être provoqué par l'enquête qu'il menait. Il arrivait quasiment à un nouvel état de conscience moins centré sur lui-même et ses émotions qui le surprenaient toujours.

Il avait pris un morceau de pain et une pomme. Il s'arrêta pour les manger au bord d'un ruisseau. Il regardait l'eau frôler la mousse et les racines de la berge. Il vit quelques gardons et une truite et se dit qu'il n'avait pas pris le temps de pêcher depuis bien longtemps. A quelle époque appartenait-il finalement ? Celle qui était encore en cours à Hautefaye ou à celle qu'il discernait à travers l'utilisation et le traitement de l'assassinat d'Alain. Il entendait quelques oiseaux qui se préparaient pour l'hiver et distinguait derrière le rideau d'aulnes quelques champs qui venaient d'être labourés. C'était comme une partie de lui qu'il distinguait devant lui, dans cette nature qui semblait peu à peu s'immobiliser. Il sentait confusément que si tout ceci changeait, il ne serait plus le même. Il ne savait pas si cela devait lui faire peur mais il percevait que ce mouvement était inéluctable. Il jeta le trognon dans l'eau et le regarda quelques secondes partir, emporté par un doux courant.

Il contempla ainsi le cours d'eau, ses zones calmes et ses rochers. Puis, il se leva et reprit sa route. Les paysage pour arriver à Nontron restaient étonnamment semblables à ce qu'ils étaient quand il les avait traversés un mois plus tôt. Cette permanence le rassura.

Il se rendit directement au journal de son ami. Ce dernier prenait l'air dans le petit jardin arboré qui faisait la transition entre l'immeuble et l'extérieur. Il relisait les épreuves de la prochaine édition tout en buvant lentement un café. Il découvrit son ami en levant les yeux et son visage s'éclaira d'un bon sourire.

-    Bonjour Paul, assois-toi ! Un café ?

Sans attendre la réponse, il laissa les feuilles qu'il consultait un instant plus tôt et sa tasse pour aller chercher à boire pour son ami.

Il revint rapidement avec une tasse et un biscuit de marin qu'il affectionnait.

- On vit un moment historique, tu sais ! Henri quatre et demi a refusé le drapeau tricolore. Il l'a écrit et publié ! Poursuivit Elie en riant.

- Cet homme est fou ! Il est plus attaché à ses principes qu'à des idées. Résultat, il vient d'ouvrir un boulevard pour la république et vient de tuer la monarchie en France. Les Ducs vont faire de Mac-Mahon un président ! A mon avis, ils veulent se donner un peu de temps pour favoriser le retour du roi mais en fait ils viennent de se tirer une balle dans le pied. Les républicains sont bien placés pour nombre d'élections partielles, même les bonapartistes reviennent ! Mon ami, dans quelques années la république sera adulte et notre pays va entrer dans un âge glorieux !

Paul buvait à petites gorgées le chaud breuvage. La joie et l'espoir de son ancien camarade de lycée le gagnaient peu à peu. Il le laissa ainsi retracer les évènements politiques de ces trois dernières années en les mettant en cohérence, émerveillé par le sens politique de son ami.

Ils retrouvaient l'un et l'autre le plaisir d'analyser le fonctionnement politique du pays à travers leurs échanges.

Mais Paul n'oubliait pas la raison de sa venue. Après une heure de discussion sur les objectifs cachés ou non de l'Assemblée nationale, il interrompit son ami et lui dévoila les raisons qui l'amenaient à Nontron.

- Effectivement, ils sont tous morts. Mais il y a encore des personnes qui ont pu leur parler jusqu'au bout et qui peuvent t'aider : leurs mères. On les voyait souvent à l'entrée de la prison. Presque tous les jours. Deux sont venues jusqu'à la fin, celles de Chambord et de Campot.

Il se tut un instant, l'expression de son visage était plus grave. Un sourire triste accompagna ses paroles quand il reprit.

- Chambord, il était seul. Personne ne voulait plus lui parler ou le voir. C'est lui qui portait le péché de tous les autres. Un vrai pestiféré ! Et comme il était bête et méchant, il faisait un parfait coupable. Elle en a eu du courage sa mère d'affronter chaque jour les regards d'une région entière en allant voir son fils.

Campot, c'était un gamin. Il a suivi la troupe sans rien comprendre. Je l'ai toujours vu pleurer et moucher sa morve dans sa manche. Quand sa mère repartait, elle semblait plus défaite que lui. Ça doit être effroyable de savoir que son fils n'a aucune chance de s'en sortir et de continuer à le voir comme un petit enfant qui ne comprend pas la bêtise qu'il a faite. Il faut que tu parles à l'une ou l'autre. Elles sauront des choses qui ne se sont jamais dites … et tu connaitras l'autre côté du miroir !

- Où puis-je les trouver ?
- La mère de Chambord habite toujours Pouvrière, c'est un hameau près de Souffrignac, près de chez toi. Celle de Campot, je ne sais pas.

Malgré son envie de découvrir la version de l'histoire que pouvait lui communiquer la mère de celui qui

avait été jugé comme le principal meurtrier, Paul
jugea préférable de ne partir que le lendemain.

Le chemin était long et il ne se voyait pas repartir
pour quatre heures de marche. Il accepta donc avec
plaisir l'invitation à rester une soirée que lui faisait
son ami.

Il soupa avec le couple. Il prit le temps de raconter ses
dernières péripéties. Elie tournait les faits en dérision
en se moquant amicalement de son ami pour détendre
l'atmosphère. Rachel montrait davantage son
inquiétude en insistant auprès de Paul pour qu'il fasse
davantage attention. Cette gentillesse rallia
rapidement les deux hommes qui surévaluaient
volontairement les risques encourus afin de s'amuser
de l'expression effrayée de la jeune femme. Ils ne
poussèrent toutefois pas trop longtemps ce jeu afin de
ne pas se montrer cruels avec la future mère.

Elie enchaina sur son appréciation de la situation
politique. Paul restait toujours aussi admiratif devant
la capacité qu'avait son ami à percevoir une
trajectoire dans la vie politique du pays. Il avait perçu

cette même clairvoyance dans l'analyse chez Eschasseriaux. Mais ce dernier restait guidé par son intérêt alors qu'Elie tentait d'infléchir le mouvement vers plus de justice.

Ils discutèrent ainsi jusqu'à onze heures, moment où le jeune couple annonça qu'il allait se coucher.

En regagnant sa chambre, Paul repensa à Justine. Il pensa à l'avenir avec elle en se disant qu'il était sans doute possible de vivre heureux dans ce monde, mais qu'il fallait pour cela avoir beaucoup de chance… Et trouver la bonne personne.

Il s'endormit avec ce rêve naïf, loin du village et de son histoire.

Il se réveilla le lendemain un peu avant l'aube et partit dès l'apparition du froid soleil d'hiver.

Il marcha d'un bon pas jusqu'au village de Souffrignac qu'il atteint en milieu de matinée.

C'était un petit bourg où deux fabriques contribuaient à créer une animation constante.

Le va et vient des matériaux pour nourrir les deux entreprises et des marchandises qui en sortaient était surprenant dans cette campagne.

A la mode anglaise, les propriétaires avaient réalisé des maisons près de leurs manufactures pour loger la plupart des ouvriers.

Quelques maisons plus cossues avaient même été construites pour accueillir les contremaitres et ingénieurs.

On aurait dit qu'une petite portion de ville avait été détachée et posée au milieu de ces champs.

Il fut facile pour le journaliste de trouver quelqu'un pour lui indiquer la direction de la Pouvrière.

En s'éloignant, il entendit progressivement le bruit des voitures s'estomper. Le silence l'environnait quand il atteignit l'entrée du hameau. La forge s'y dressait noire, immobile, silencieuse.

Personne n'avait apparemment repris la suite du meurtrier d'Alain de Monéis.

Le jeune homme frappa à la porte. Il entendit des pas lents puis le bruit de la serrure que l'on déverrouillait.

La porte s'ouvrit et il découvrit une femme d'une soixantaine d'années qui le regardait droit dans les yeux sans prononcer un mot.

Comment aborder une femme qui avait vécu la mort de son fils, la déchéance de son nom et le mépris de tous ? Paul restait silencieux, il n'arrivait pas à trouver les mots pour expliquer les raisons de sa venue. Il ne parvint qu'à lui dire : « Je suis venu vous entendre me parler de votre fils ».

Elle ne sembla pas surprise. Elle ne bougea pas mais le scruta longuement sans mot dire. Il baissa les yeux. Il allait faire demi-tour quand il sentit une main sur son bras l'attirer doucement dans la pièce sombre. Elle le guida vers une lourde table en bois et des chaises qui occupaient quasiment tout l'espace. Elle avait fermé la porte. Elle l'invita à s'assoir. Sa voix était ferme mais sans aucune agressivité.

Il lui obéit.

- Vous désirez m'entendre parler de mon Thomas ? Pourquoi pas. Plus personne d'autre ne semble vouloir en entendre parler. C'est comme s'il n'avait jamais existé. Mais dites-moi, pourquoi vous intéressez vous à lui ?

-   Parce que je pense qu'il a été un coupable trop facile. Je suis journaliste madame. Pour tout vous dire, on m'a envoyé comprendre ce qui c'était passé. Comment le meurtre d'Alain de Monéis avait pu avoir lieu alors qu'il n'y avait rien à voler, pas de raisons apparentes de lui vouloir du mal et que les meurtriers désignés étaient tous connus pour être des gens sérieux et sans histoire ?

La vieille femme ferma les yeux. Un long moment s'écoula avant qu'elle ne regarde à nouveau Paul et commence à parler. Il n'y avait ni colère, ni surprise dans son regard. Simplement de la tristesse, une tristesse presque palpable qui ponctuait chacune de ses phrases et semblait peu à peu emplir la pièce.

-   Je ne sais pas si Thomas était comme vous le dîtes. Je l'ai longtemps cru mais je ne sais plus maintenant si c'était ainsi. C'était un si gentil garçon avec moi. Il lui arrivait parfois de s'emporter quand quelqu'un n'était pas d'accord avec lui mais il n'était pas violent, non pas violent. De toute façon, il n'en avait pas besoin.

- Pourquoi ?

- Il faisait peur. Vous ne l'avez pas connu mais il était très fort mon fils ! Elle sourit de fierté en prononçant ses mots. Il a toujours été grand et fort. D'ailleurs, il ne se battait jamais, il n'en avait pas besoin.

- Il ne s'est jamais battu ?

- Peut-être quand il était gamin, comme tous les garçons. Dit-elle avec un regard malicieux.

- Mais jamais quand il était adulte ?

- Personne ne serait venu l'embêter … Et il était bien trop calme pour chercher une chose pareille. Je ne comprends pas ce qui est arrivé, je n'aurais jamais cru que mon garçon puisse participer à une chose pareille.

Paul regardait la vieille dame. Il était pour lui évident qu'elle ne mentait pas mais comment alors expliquer ce qui s'était passé à Hautefaye ?

- Il ne vous a pas dit pourquoi il a contribué à cette

…

- On n'en a jamais parlé. Je sais que ça peut

surprendre, mais nous avons eu tellement peu de

temps durant son procès et avant son exécution.

Finit-elle dans un soupir.

- Je suis désolé d'insister, mais qu'est-ce qui aurait

pu lui faire adopter une telle attitude vis-à-vis

d'Alain de Monéis ?

- Rien, il ne le connaissait pas, la seule fois qu'il en

a entendu parler, c'était à l'auberge de la Galsac,

à Souffrignac.

- Que lui a-t-on dit ?

- Je ne sais pas trop. C'était un soir où mon Thomas

avait un peu trop bu, ça lui arrivait parfois quand

il avait eu trop de travail. C'était sa façon à lui de

se reposer, avec quelques petits verres d'absinthe.

- Ça lui arrivait souvent ?

- Pas plus de deux ou trois fois par semaine.

Répondit la mère en baissant les yeux.

Le journaliste fit mine de ne pas remarquer la gêne de la vieille femme. Il sentait qu'une information importante affleurait.

« S'il vous plait, rappelez-vous. Que vous a-t-il dit en rentrant sur cette soirée ? Avec qui était-il et que lui a-t-on dit ?

-   Il était avec ses amis du cercle …

-   Ses amis du cercle ?

-   Les bonapartistes, ils recevaient un nouveau membre m'a-t-il dit. Un monsieur qui leur faisait beaucoup d'honneur mais qui n'était pas fier pour deux sous. Il a même insisté pour payer des tournées.

-   Vous vous rappelez du nom de ce monsieur ?

-   Thomas ne me l'a pas dit mais je sais qu'il était très bien habillé.

Paul se rappela soudainement l'apparence du deuxième homme qu'il avait rencontré de manière si déplaisante chez Eschasseriaux.

-   Cet homme bien habillé, Thomas vous a-t-il dit ce qu'il faisait, où il travaillait ?

- C'est apparemment le secrétaire d'un monsieur important, un baron parait-il. Lança-t-elle avec fierté.

- Un baron !

- Oui, et il avait bien dû remarquer que mon Thomas était un bon travailleur car il lui avait donné rendez-vous à Hautefaye pour ferrer des chevaux qu'il proposait à la vente. Il lui a dit qu'il ne faisait pas confiance aux petits royalistes pour ces chevaux de trait. Il lui fallait du costaud, du bonapartiste pour de telles bêtes. Ça lui avait donné de la fierté à Thomas ce qu'avait dit ce monsieur. J'aime autant vous dire qu'il était parti de bonne heure pour le dernier jour de foire.

Le journaliste accusait le coup. Cette femme lui révélait ce qui pouvait être un pan de la machination qui avait conduit à la mort d'Alain. Il n'y avait pas eu de hasard dans la succession d'évènements inaugurée par le comportement du petit baron. Tout en réalité semblait avoir été préparé pour favoriser une attaque sur Alain puis pour entretenir sur la journée la curée.

Bonapartistes et légitimistes rassemblés visaient la mort d'Alain pour faire main basse sur son projet d'irrigation et empêcher en cela une victoire républicaine aux élections.

Même s'il concevait rationnellement la machination, il ne parvenait pas à comprendre comment des hommes pouvaient en arriver à ce degré de malveillance.

- Et il vous a dit ce qui s'est passé ce jour-là ?

- J'ai voulu savoir mais il avait du mal à en parler. Il me disait qu'il avait trop bu, qu'il était avec d'autres, que tout le monde avait donné des coups, lui pas plus que les autres.

- Mais on a dit qu'il était le meneur ?

- Oui, c'est ce qu'on a dit. Mais mon Thomas un meneur ! La vieille femme se mis à rire doucement. Si vous l'aviez connu ! Je vous l'ai dit, il était travailleur et sérieux, c'est vrai. Mais ce n'était pas un chef ! Même à l'auberge ses amis ne l'écoutaient pas. C'était un brave garçon, travailleur, sérieux mais pas très malin. Non monsieur, reprit-elle, si Thomas a participé, il n'a pas pu convaincre tous ces gens. Soit on a menti, soit on lui a soufflé ce qu'il fallait dire et faire.

Le journaliste discuta encore un peu avec la mère de Chambord puis il prit congé, encore sous le coup des révélations de la vieille femme.

... Caroin est assis, mutique, sur le banc des accusés. Ses yeux noirs semblent fixer dans le vide un horizon qui l'emmène bien loin du palais de justice de Périgueux.

Chambord au contraire est bien présent. Il ressemble à une bête sauvage acculée, balançant la tête de droite à gauche, balayant la cour de son regard puis fixant le jury avant de se tourner vers la salle. Des tics nerveux secouent son visage et sa bouche s'entrouvre comme s'il allait s'exprimer puis se crispe en un rictus douloureux.

Il entend le réquisitoire de Borau-Lajanadie, le procureur général de la cour impériale de Bordeaux

qui a instruit l'affaire et détaille les étapes du
supplice d'Alain au jury et à la cour.

Il l'entend le décrire, lui et ses co-accusés, comme
des fauves, des êtres dégénérés assoiffés de sang. A
écouter ce monsieur en habit, il n'est né que pour
boire et tuer sans raison. Lui qui n'appréciait rien
tant que le travail qu'il réalisait dans sa forge est
réduit à l'état de meurtrier. C'est bête mais ce qui lui
fait le plus mal est de ne pouvoir dire qu'il est un bon
artisan, qu'on le complimente souvent pour la qualité
de son travail et qu'on ne devrait pas le réduire au
crime qu'il a commis. En même temps, il se dit que ça
fait partie de sa punition, qu'il l'a après tout bien
mérité car il a tué.

Puis le magistrat se tourne à nouveau vers
Chambord. Il lui demande s'il est conscient de la
gravité de son crime, de la souffrance que son geste
apporte à une famille connue et estimée de tous, puis
il parle de la honte portée sur son village, sa famille,
sa mère.

*Ses mots font réagir Chambord. Il semble sortir de
cet état de nervosité panique et fixe le procureur. Il
l'écoute énumérer les actions qu'ils ont réalisées
pour tuer De Monéïs en ponctuant chacune de ses
phrases par des morceaux de son enfance.*

*-   ... Quand ils ont arraché le malheureux des bras
        de Perthuit et de Puech, ce n'étaient plus des
        hommes mais des hyènes qui rodaient dans le
        village de Hautefaye. On a peine à croire que
        chacun d'entre eux a été un enfant aimé de sa
        mère. Que dirait d'ailleurs cette dernière si elle
        savait que le rejeton qu'elle a nourri de son sein a
        tué et mangé un être humain ?*

*Une plainte d'abord ténue puis de plus en plus forte
s'élève du fond de la salle. Derrière les gens qui
s'écartent pour voir la source de ce bruit, Chambord
distingue la silhouette de sa mère. Elle est à terre,
elle qui est si droite habituellement. Elle a entendu la
diatribe du procureur. Prostrée, elle ne laisse voir
que son visage tendu vers le banc où est assis son fils.*

La bête qui lui ronge le cœur et le ventre depuis que les gendarmes sont venus chercher son Thomas se met à feuler. Elle ne peut retenir ce cri de douleur, de rage, de honte et de tristesse.

Chambord se tourne alors vers le magistrat et lui dit d'une voix étonnamment calme qui contraste avec l'état où il se trouvait il y a encore quelques instants :

- Monsieur le procureur, vous ne m'avez pas écouté alors je vous le dis encore. Je suis un assassin, c'est vrai. Mais pas un mangeur d'homme ! J'ai assez d'un crime à porter, il est inutile de m'accuser d'un autre que je n'ai pas commis. Pourquoi voulez-vous absolument faire croire que nous avons mangé ce prussien ? on avait bu, c'est vrai, mais on n'est pas des bêtes ! Raccourcissez-moi si vous voulez, mais ne dites pas de mensonges devant ma mère.

Un brouhaha s'élève dans la salle. Qu'est-ce que c'est que cette brute qui ose donner des ordres au procureur général de Bordeaux ! On ne veut plus le laisser parler, on ne l'écoute plus, on n'entend plus la plainte de sa mère qui est couverte par les cris et les

sifflets.

Devant le tollé, le Président Brochon décide

d'évacuer la salle et de suspendre la séance.

XII

Deux semaines plus tard sa rencontre avec la mère de Chambord, Paul franchissait le porche de la Nouvelle République. Il avait prévenu trois jours auparavant Mie de son retour et lui avait fait parvenir son article.

Il était désormais impatient de savoir si son patron le suivrait dans son analyse.

Il monta l'escalier d'une traite et ouvrit la porte de la rédaction. Peu de journalistes étaient présents. Il était encore tôt et les oiseaux de nuit qui relataient la vie mondaine se réveillaient doucement. C'est vers neuf heures que la pièce commençait à respirer et que les conversations ricochaient d'un bout à l'autre de la grande salle.

Il salua ceux qu'il connaissait. Quelques-uns parlaient des élections qui approchaient, pariant sur les chances des uns et des autres.

Pour les plus anciens, les plus blasés, le résultat importait peu, c'était davantage la stratégie qui devait être commentée. Revenus de plusieurs régimes, ils ne croyaient plus qu'en leurs analyses et le devenir du peuple ou la confiscation des biens de la noblesse n'étaient devenus que des variables qui permettaient ou pas à un politique de progresser.

D'autres, plus jeunes ou moins cyniques, voulaient encore croire au pouvoir du vote pour décider de la société qui s'édifiait sous leurs yeux. Léon Krasfeldt était l'un d'eux. Paul appréciait l'humanisme du bonhomme ainsi que ses analyses visant une réelle impartialité. Il avait réussi à prendre la parole ce qui n'était déjà pas une mince victoire et s'exprimait avec calme.

- Le vieux Thiers n'a pas tort quand il dit que la république sera conservatrice. Si elle existe un jour, elle ne pourra qu'accepter que les puissants le restent. C'est à ce prix qu'ils accepteront de lâcher un peu de pouvoir. Chaque fois que les républicains font une révolution, ça se termine en monarchie ! Il faut devenir adulte et accepter le compromis.

- Si on croit encore qu'être en république est plus
avantageux. Nous, ça fait longtemps que l'on ne
croit plus en l'un ou en l'autre de ces régimes.
Répondit l'un des journalistes. Il y en a qui
décident et d'autres qui obéissent. Qu'ils soient
bonapartistes, légitimistes ou républicains, tous
les politiques ne marchent que pour eux. Les plus
malins pour moi étant encore les orléanistes. Eux
ils ont tout compris et mangent aux râteliers de la
république comme à ceux de la royauté. Tiens,
d'ailleurs je lance les paris ! Qui est à trois contre
un sur le Duc ? Dit-il dans un éclat de rire général.
Paul s'éloigna doucement du groupe et se dirigea vers
la porte du patron. Il se sentait soudainement étranger
à ces commentaires. Pour beaucoup, c'était avant tout
cela la politique. Des jeux plus ou moins réussis où
vie d'un homme, l'honneur du nom d'un village et de
ses habitants n'entraient dans l'équation que sur une
page ou dans une discussion.
Et Mie, qu'en pensait-il après tout ? Que lui apportait
le pouvoir qu'il construisait peu à peu ? Travaillait-il

pour un changement de la société ou pour viser une place parmi ceux qu'il dénonçait ?

Le relativisme d'Eschasseriaux avait ébranlé le jeune homme. Il avait constaté que cette posture était partagée par beaucoup et ne voyait plus en son patron le mentor qui lui était apparu quand il sortait de ses études de droit. L'avocat partageait peut-être également cette idée que le pouvoir reste bon à prendre et à ne partager qu'entre gens bien nés quelques soient leurs idées.

Il frappa et poussa la porte à l'invite. Il s'approcha du bureau. Mie finissait de lire ce qu'il reconnut comme étant son article.

- Pas mal gamin, pas mal ! Une nouvelle direction, une analyse qui se tient et du style. Ce n'est pas mal du tout.

- Ça vous va ?

- Si ça me va ? Quelle étrange question mon petit. Sans doute la seule qui vaille.

- Alors ?

- Ça ne me va pas.

Paul laissa paraitre son étonnement.

- Non, ça ne me va pas. Mais ne crois pas que je pense que tu as fait du mauvais travail. Au contraire. C'est de l'excellent écrit journalistique et je suis très fier de t'avoir dans mon écurie, simplement c'est impubliable ici.

- Impubliable ? Pourquoi ? Tout se tient !

- C'est sans doute vrai. Mais vois-tu mon petit, tu oublies une chose, ma commande. Je voulais que l'on puisse voir qu'un empire ne peut engendrer qu'une monstruosité.

- Et alors ?

- Et alors ? Et alors ! repris l'avocat en haussant la voix. Tu me sors une théorie qui déclare que la mort de De Monéis est due non seulement à cette fin de règne mais surtout à un prétendu complot qui allierait bonapartistes et légitimistes pour prendre le dessus sur des élections. Je te demande de plumer l'aigle et toi tu me prépares une guerre civile ! Mais si je publie ton article, un tiers de

Bordeaux prend les armes pour attaquer les deux autres ! Et la région sera vite à feu et à sang !

\-   Ne me dites pas que vous avez peur, pas vous ?

Paul ne comprenait pas.

Comment un homme qui avait conquis sa notoriété dans les prétoires en défendant parfois des indéfendables, qui avait bâti sa réputation sur des joutes oratoires invraisemblables pouvait reculer ?

\-   Ce n'est pas de la peur Paul, c'est de la sagesse. Tu crois que toutes les vérités sont bonnes à dire parce que tu es jeune, tu ne vois que des idéaux, pas la réalité. La réalité Paul, c'est que les lecteurs ne sont pas capables de réfléchir comme toi et moi. Si tu leur écris qu'il y a de telles alliances, ils en verront de partout. Tout sera mis au même niveau. Le dernier qui parlera dira vrai, la rumeur deviendra la vérité et après ce que tu auras révélé, nos adversaires n'auront plus rien à perdre.

\-   Que cherchez-vous à me faire comprendre ?

\-   Simplement que des règles existent. Elles sont implicites, non écrites mais puissantes. On peut attaquer l'autre bord mais jusqu'à un certain

point. Si on le dépasse, on prend le risque de

perdre le contrôle …

- Mais quel contrôle ? Que croyez-vous contrôler,

qui croyez-vous …

Paul s'arrêta, il comprenait enfin la pensée de son

patron. Le journal n'existait pas uniquement pour

exprimer certaines idées. Il avait aussi pour mission

de contrôler un lectorat. L'avocat se voyait comme le

général d'une armée qu'il pensait contrôler par des

écrits. Publier un article contre le régime impérial,

c'était renforcer la cohésion des troupes. Aller plus

loin, c'était risquer de sacrifier ses combattants pour

une victoire incertaine contre un ennemi actuellement

plus fort.

Paul comprit que Mie ne tenterait pas ce coup. Dans

les prétoires, le défenseur ne reculait pas mais n'était

pas téméraire pour autant. Il balisait toujours au

préalable le chemin pour se ménager des voies de

recours ou de retrait.

- Je crois que je comprends, monsieur. Reprit le jeune homme après un bref silence

- J'en suis certain Paul. Désolé cependant que nous ne puissions aller jusqu'au bout, reprit l'avoué en tendant son article au journaliste.

En sortant de l'immeuble, Paul s'arrêta, il leva les yeux sur le ciel gris et sourit.

Finalement, si on regardait positivement les choses, il venait de gagner le droit de proposer à d'autres publications un article pour lequel il avait été payé.

Il se dit qu'un aller à Nontron chez Elie lui ferait du bien.

... L'histoire que vous avez lue dans cet article n'est que la partie émergée d'une vérité plus complexe.

Je m'appelle Paul Vidal. Je suis journaliste et natif d'Hautefaye. Autant le préciser dès maintenant, je ne suis pas un cannibale, pas plus que ne le sont les gens de mon village.

Quand j'étais enfant, Alain de Monéis était un ami. Il n'avait rien de particulier et s'il n'avait pas été tué de

manière atroce, peut-être n'en auriez-vous jamais
entendu parler. Peut-être, car je ne lui rends pas
totalement justice en disant qu'il n'avait rien de
particulier.

Il n'était pas si ordinaire en fait, car il voulait faire
du bien. Ce n'est pas si courant et pas toujours
admis. Son histoire, hélas, nous le prouve.

Alain était ingénieur hydraulicien. Ce métier qui vous
est peut-être inconnu a un objectif tout simple :
amener l'eau là où on en a besoin.

Alain voulait ainsi transformer la région qui l'avait
vu naitre pour la rendre plus belle et plus riche. Il
désirait permettre à ses habitants de mieux vivre et de
ne plus subir de sécheresses préjudiciables aux
récoltes et à l'élevage. Il souhaitait apporter un peu
de bonheur tout simplement.

C'était un homme doux et honnête qui ne comprenait
pas le mal. Il ne l'a donc pas reconnu quand il l'a
rencontré en la personne d'un notaire renommé.

Alain lui a demandé conseil pour lever des fonds afin
de concrétiser son projet.

Préférant viser un profit tant personnel que politique, le tabellion s'est alors tourné vers des amis politiques pour spolier l'ingénieur.

Parmi ces derniers se trouvait le propre cousin d'Alain. Ce piteux personnage a participé au montage d'une machination immonde pour se débarrasser de son parent.

Aidé par un baron charentais bien connu pour ses convictions bonapartistes et pour sa fortune, ils ont préparé à travers un ensemble de rumeurs le terreau qui a produit l'agression d'Alain.

Ils ont ainsi fait croire qu'Alain avait des aventures avec des femmes mariées.

Parce qu'ils savaient que les campagnes sont ici majoritairement bonapartistes ou républicaines, ils ont laissé entendre qu'il était favorable aux thèses légitimistes.

Ils ont surtout envoyé le seize août des hommes de main pour entretenir ces rumeurs, faire boire et guider les agresseurs tout au long de la journée.

Ces agitateurs ont été dirigés toute la journée par le secrétaire du baron.

Ce sont eux qui ont fait croire à Chambord qu'Alain était un espion prussien qui s'amusait de la défaite de l'empereur, à Mazière qu'il faisait les yeux doux à sa femme et à Caroin qu'il se moquait de sa pauvreté.

Il semble bien qu'ils aient réussi leur coup !

En effet, une société a été créée moins de quatre mois après la mort d'Alain. Elle utilise les plans qu'il avait présentés au notaire pour réaliser un projet d'irrigation en détournant une partie du cours de la Nizonne.

Le cousin utilise sa participation à cette société pour faire campagne (en laissant entendre que s'il n'est pas élu, le projet ne verra pas le jour).

Le baron à cinquante et un pour cent de la société ce qui prouve qu'on peut concourir à ses intérêts politiques tout en continuant d'assoir sa richesse.

Et maintenant ?

C'est à vous.

*A vous de décider si les raisons de la mort d'Alain
doivent être oubliées ou si justice doit être faite.
Pour l'instant un jugement a été rendu. Il a condamné
des lampistes et fait porter la honte sur un village.
Un second plus équitable peut rétablir un peu
d'équité. Il suffit de décider à travers vos votes si
vous êtes prêts à entériner cette machination ou si
vous désirez la punir.*

Epilogue

Plus de quatre-vingt-dix ans après la parution de l'article de Paul, une messe fut dite à Hautefaye en mémoire de De Monéis et de ses bourreaux.

Une trentaine de personne assistaient à l'office.

Tentaient-ils de mettre un point final à l'histoire qui avaient marqué leurs familles un 16 août ? Les descendants des bourreaux voulaient-ils expier les fautes de leurs aïeux ? La famille de la victime cherchait-elle encore une raison à ce sacrifice ?

Le prêtre qui célébrait mentionna dans son homélie les ouvrages qui avaient rendu compte de la mort d'Alain et du rôle des divers protagonistes. Il montra le chemin que les auteurs avaient parcouru, passant d'une simple description à des analyses contextualisées. Il rappela que le temps permettait au pardon de devenir une option acceptable et finit en renvoyant à la plénitude du divin qui palliait au vide de la parole.

Trois journalistes de la presse locale et un correspondant de l'AFP arrivés presque par hasard étaient présents et interrogèrent quelques personnes à la sortie.

Les descendants des Monéis s'éloignèrent quant à eux rapidement. Ils avaient conservé le château qui avait été transformé durant les années quatre-vingt en un hôtel-restaurant de prestige. Une aile était réservée aux divers membres de la famille qui y descendaient de Paris et Bordeaux durant les vacances.

L'article de Paul publié par le Républicain de Nontron avait été très diversement accueilli dans la famille. Certains avaient épousé la thèse défendue par le journaliste et étendaient la faute de la mort d'Alain sur son cousin. D'autres, plus nombreux, ne voyaient dans l'assassinat du 16 août que le dernier acte haineux d'une populace envers une famille de France. Mais un siècle plus tard, cette histoire n'alimentait plus depuis longtemps les conversations familiales. La famille avait dû s'adapter aux soubresauts constants du 20ème siècle. Elle avait quitté ses terres d'origine après la 1ère guerre mondiale pour rejoindre l'hôtel particulier qu'elle possédait à Paris. Les idées d'Alain et d'André sur la valorisation des terres appartenaient au 19ème siècle. Gagnés par les idées venues d'Amérique, les membres survivants de la famille se lançaient en 1917 dans l'industrialisation et l'actionnariat.

La seconde guerre mondiale scinda à nouveau les membres entre le gouvernement de Vichy et celui de Londres. Mais, avec l'avancée allemande, la famille s'était majoritairement retrouvée sur ses terres d'origine en zone libre. Elle pencha donc davantage pour De Gaulle, non par préférence idéologique mais davantage par réalisme géographique.

La Libération et la reconstruction offrirent des opportunités qui furent intelligemment saisies et permirent de conforter l'assise financière de la famille. Ses plus jeunes membres s'internationalisèrent et ne connaissaient que de façon lointaine l'histoire d'Alain.

Actuellement, la famille continue d'étendre sa domination économique dans différents secteurs et différents continents. Ses membres ont changé, ils ont créé de nouvelles alliances, de nouvelles inimitiés. Ils sont devenus administrateurs de conseil d'administration d'entreprises toujours plus grandes et plus opaques. Il ne se penchent plus sur le passé, ils doivent analyser le présent et parier sur l'avenir pour définir la productivité future la plus adéquate possible.

Ce n'est plus un temps où l'on veut comprendre ce qui existe derrière certains gestes. Ce n'est plus un temps où l'on prend garde à une vieille dame qui rentrant de l'inhumation de son fils se rend dans la chambre de ce dernier pour en éteindre la veilleuse.

www.ingramcontent.com/pod-product-compliance
Lightning Source LLC
Chambersburg PA
CBHW020913160726
47993CB00005B/1944